W0281061

Ariadne Krimis: Inwiefern anders?
Ariadnes Spezialität ist spannender Lesestoff mit literarischem *und* aufrührerischem Anspruch. Für uns muss ein *guter* Krimi folgende Kriterien erfüllen: Der Suspense muss auf mehreren Ebenen stattfinden. Also nicht nur: wer hat gekillt bzw. wird er oder sie überführt?, sondern zusätzliche Rätsel, Fragen, Unklarheiten, Gefahren, Ängste und Nöte. Der Erzählkosmos darf keine heile Welt sein, die nur durch ein einsames Verbrechen gestört und mit der Lösung des Falls wieder blitzsauber wird – vielmehr zieht ein guter Krimi seine Spannung auch aus den Lücken, Grauzonen und Fehlern herrschender Moral und Rechtsvorstellung. Gerade hier sehen wir die Herausforderung einer zeitgemäßen Krimikultur: eingängig und spannend Geschichten zu erzählen, die gesellschaftliche Widersprüche und Ungerechtigkeiten ausleuchten, Zweifel an kulturellen, moralischen, sozialen Selbstverständlichkeiten wecken, kritischen Argwohn gegenüber den gängigen Glücks-, Erfolgs- und Wohlstandsversprechungen schüren, zum Misstrauen gegen blinde Ideologien, Dogmen und Normen anregen.

Ariadne Krimis neigen zum Subversiven. Dass Frauen darin stets die Hauptrollen besetzen, war vor zwölf Jahren ein mittlerer Skandal, heute stehen wir damit nicht mehr so allein. Dass die Hälfte unserer Protagonistinnen Sex mit Frauen bevorzugt, ist schon weniger gängig und entspricht dem Off-Mainstream-Anspruch der Ariadne Krimis. Die Heldinnen und Antiheldinnen sind meist Figuren, die an den üblichen Rollenmustern rütteln und neue Wege zu gehen versuchen. Bei den deutschsprachigen Autorinnen suchen und fördern wir diejenigen, die mit dem Genre experimentieren, über den Tellerrand spähen, sich dreist auf neues Terrain wagen. Krimis sind für uns eine Art Widerstandskultur. Das muss man natürlich nicht genauso sehen, man kann auch einfach die spannenden Bücher genießen, die wir verlegen.

Zu diesem Buch
Katrin Kremmlers dritter Krimi führt uns erneut in ihre Wahlheimat Budapest: Die Amerikanerin Naomi hat kaum Erinnerungen an die Zeit, als sie noch Noémi hieß und mit Mutter und Großmutter in der ungarischen Hauptstadt lebte. Dann schickt ihr Onkel, der New Yorker Kunstagent, sie mit einem Suchauftrag dorthin zurück, und Naomi erfährt endlich die Wahrheit über ihre Familie und dass sie allen Grund hat, ihren Onkel zu hassen …

Schon Kremmlers Krimidebüt *Blaubarts Handy* strotzte von sinnlichen und drastischen Schilderungen der ungarischen Wirklichkeit. Jetzt verwebt sie die Geschichte des historischen Seuso-Schatzes mit der Suche einer jungen Frau nach ihren Wurzeln. – Turbulent und hintergründig.

Katrin Kremmler

Pannonias Gral

Der Krimi mit CD-ROM

Ariadne Krimi 1153
Argument Verlag

Ariadne Krimis
Herausgegeben von Else Laudan
www.ariadnekrimis.de

Von Katrin Kremmler bei Ariadne bisher erschienen:

Blaubarts Handy *(Ariadne Krimi 1131)*
Die Sirenen von Coogee Beach *(Ariadne Krimi 1145)*
Pannonias Gral *(Ariadne Krimi 1153)*

Deutsche Originalausgabe
Alle Rechte vorbehalten
© Argument Verlag 2004
Eppendorfer Weg 95, 20259 Hamburg
Telefon 040/4018000 – Fax 040/40180020
www.argument.de
Lektorat: Malou Bülow
Satz: Iris Konopik
Umschlaggestaltung: Martin Grundmann,
www.herstellungsbuero-hamburg.de
Druck: Oldenbourg Taschenbuch GmbH, Kirchheim
CD-Produktion: kdg mediatech AG, Elbigenalp
Gedruckt auf säure- und chlorfreiem Papier
ISBN 3-88619-883-9
Erste Auflage 2004

Die beigelegte CD-ROM enthält wichtige Informationen (ausführliche Angaben am Ende des Buches). Achten Sie beim Lesen auf dieses Zeichen:

Leserinnen, die keine Mini-CD-ROMs verwenden können, finden das Material im Internet unter:

http://www.argument.de/gral.html

Niemand weiß, wie es geschah. Seit Wochen waren furchtbare Gerüchte zu uns gesickert über verwüstete Landstriche im Osten, die Wachtposten der Armee zerschlagen, keine Überlebenden. Der Herr hatte einen Kurier um Verstärkung zu den Truppen geschickt, Wachsamkeit befohlen und seine Schätze verstecken lassen.

Bis zur Ernte geschah nichts. Aber als dann im September über dem Haus des Herrn der Nachthimmel loderte, wussten wir, unsere schlimmsten Befürchtungen waren eingetroffen.

Wir verkrochen uns wie Getier in den Wäldern, jede Nacht bangend vor dem Schrecklichen, das kommen und uns ereilen würde.

Als einen Monat lang alles ruhig geblieben war, wagten wir uns an den See hinüber.

Das Haus des Herrn war abgebrannt und bis auf die Grundmauern geschleift, und auf dem Hof lagen sie, Männer, Frauen und Kinder, hingeschlachtet wie Vieh, ihre Überreste den Vögeln vorgeworfen. In einer einzigen Nacht hundertfünfzig Leben ausgelöscht. Die Gesichter der Leichen waren schon zu zerstört, um sie zu erkennen. Den Frauen war Furchtbares angetan, selbst Kleinkinder auf das Grausamste verstümmelt worden. Nur das, was einst sein Gewand gewesen war, führte uns zu den Überresten des Herrn. Er lag am Ufer, hatte noch versucht, mit dem Boot über den See zu entkommen. Ihm fehlten Kopf und Gliedmaßen.

Wir bereiteten den Unglücklichen ein eiliges Grab und verließen diesen unseligen Ort, so schnell wir konnten.

Unser Teil der Provinz ist nunmehr führerlos, und diesem Angriff werden weitere folgen. Mein Freund, hüte dich und die Deinen, denn ich habe sagen hören, dass man über kurz oder lang die Truppen aus der Provinz abziehen und sie den Barbaren überlassen wird, und dann mögen die Götter uns gnädig sein.

(Brieffragment aus dem 4. Jhdt. n. Chr., Archäologische Sammlung des Ungarischen Nationalmuseums)

* * *

Und in der Nähe des Ufers ruhte in mehreren Fuß Tiefe ein alter Bronzekessel mit einem Bündel darin, von dem niemand mehr wusste. Die pannonische Erde hatte sich darum geschlossen wie um ein Samenkorn.

Mai 2004

Notiz, einem Foto beigelegt.

»Ich dachte, dieses Stück interessiert Sie vielleicht. Wenn Sie mehr darüber wissen wollen, schicken Sie eine E-Mail an kincskereso@freemail.hu.«

Chat

»Was soll mich daran interessieren?«
»Sie handeln mit Kunst, die Geld bringt. Viel Geld.«
»Wie viel Geld?«
»Ist Ihnen nichts daran aufgefallen? Kommt Ihnen nichts bekannt vor?«
»Muss ich passen.«
»Da sind andere schneller. Ich habe fünf Interessenten.«
»Interessenten für was?«
...
»Für das, was Sie haben wollen.«
»Sagen Sie mir, um was es geht, oder vergessen Sie's.«
...
»Sagt Ihnen der Begriff Pelso nichts? Machen Sie Ihre Hausaufgaben. Ich warte auf Ihr Angebot.«

I. NAOMI

Naomis Tagebuch

Tagebucheintrag vom Mittwoch, 23. Juni 2004

Was will er jetzt plötzlich nach all den Jahren? Er sagt, er bietet mir einen Job an. Er, mir. Er sagt, er weiß doch, wie es um meine Finanzen steht, und grinst so süffisant, ach, ich hasse ihn. Jahrelang angeekelte Distanz zur einzigen Tochter seines einzigen Bruders, und jetzt plötzlich braucht er mich offenbar aus irgendeinem Grund.

Was soll das denn sein für ein Job, frage ich ihn. Und wieso gerade ich, du hast doch deine bezahlten Sklaven. Eine delikate Angelegenheit, sagt er. Ich soll für ihn nach Ungarn fliegen, in die alte Heimat. Als Kunstagent hat er einen Vertrag mit einer ungarischen Malerin abgeschlossen, die seither nichts von sich hören lässt. Totale Funkstille schon seit Wochen, sie hat kein E-Mail, und die Deadline für die Ausstellung rückt immer näher, so dass mein lieber Onkel inzwischen auf heißen Kohlen sitzt und wissen will, ob das Material rechtzeitig fertig wird. Ich soll zu ihr hingehen und mich vom Stand der Arbeit überzeugen. Er erwartet nicht, dass ich was von Kunst verstehe (danke), das ist für den Job nicht nötig.

Das ist alles?

Ich habe viel Geld in diese Ausstellung investiert, sagt er. Diese ungarische Arbeitsmentalität »Wenn nicht heut', dann eben morgen« kann ich mir nicht leisten. Und sie sich auch nicht.

Wieso gehst du denn nicht selber, frage ich ihn. Ich hab's versucht, sagt er. Hab einen von meinen Anwälten geschickt. Aber die Dame unterhält sich nicht gerne mit Anwälten. Sie war sehr unkooperativ. Ich könnte sie wegen Vertragsbruch verklagen, wenn sie mir die Ausstellung platzen lässt, aber ich will es lieber noch mal im Guten probieren.

Was dir noch nie leicht gefallen ist, sage ich grinsend. In geschäftlichen Dingen ist er ein Haifisch, das muss eine absolut verhasste Situation für ihn sein. Ich gönn's ihm ja von Herzen.

Und wieso also gerade ich?

Du sprichst inzwischen doch recht gut Ungarisch, sagt er, und sie ist eine etwas eigenwillige Persönlichkeit, ich schätze, mit einer netten jungen Frau tut sie sich leichter. Und sieht mich mit diesem gewissen Gesichtsausdruck an, als hätte er nach zwei Wochen zum ersten Mal wieder in seinen Kühlschrank geschaut. Im Hochsommer. Nach zwei Wochen Stromausfall.

Genauso hat er mich damals an Moms Beerdigung angesehen. Als ihm klar wurde, dass *er* jetzt für mich zuständig ist.

Vermutlich hat die Dame ja schon einschlägige Erfahrungen mit Typen wie dir, sage ich böse. Er schmeißt mir das Ticket in den Schoß. Hinflug New York–Budapest über München, für den 29. Juni, das ist nächste Woche, Rückflug neun Tage später. Ich sage ihm, als Journalistin liegt mein Tagessatz für Einsätze im Ausland bei 500 Dollar. Plus Spesen.

Er lacht mich aus. Du hast seit deinem Uniabschluss ein paar Artikel für alternative Websites geschrieben, sagt er, wenn ich eine Expertin haben will, such ich woanders. Sieh's lieber so, ich zahl dir einen Urlaub. Die Sache ist ein Kinderspiel, ein paar Tage und du hast die Sache erledigt.

Ach, sag ich. Urlaub? Dann will ich ins Hotel Gellért. Soweit ich weiß, ist das eines der teuersten, und es ist Hauptsaison. Er kann sich's schließlich leisten.

Nach einer Weile hin und her haben wir uns geeinigt auf siebenhundert Dollar pauschal plus Spesen und das Hotel Gellért mit Donaublick und eigenem Schwimmbad.

Eigentlich hätt ich ihm sein Flugticket ins Gesicht schmeißen sollen, dem alten Dreckskerl. Und hinterherspucken. Aber es stimmt schon, meine Finanzen sind schon seit Monaten nicht mehr im grünen Bereich, mein nächster Auftrag lässt auf sich warten, und wann komm ich sonst schon jemals wieder nach Ungarn. Ich glaube, das hat den Ausschlag gegeben. Was Besseres hab ich zur Zeit sowieso nicht vor.

Sam, meine Liebste, sieht das anders. Und das ist genau der Punkt. Wir brauchen ein bisschen Abstand. Nach der letzten Woche sowieso. Ich kann Szenen nicht leiden. Ich hätte das mit Zara nicht machen sollen, aber egal. Passiert ist passiert. Sam ist auch keine Heilige.

Ich soll also Hajnal Szatmári suchen, die Malerin, die ihre Deadline nicht einhält. Kinderspiel.

Onkel Fred hat ihr bestimmt so einen üblen Knebelvertrag verpasst und sie hat's zu spät gemerkt, und jetzt pokert sie und lässt es auf einen Prozess ankommen, weil sie genau weiß, dass er wegen der Deadline kurz vorm Herzinfarkt steht. Was auch immer ihre Gründe sind, sie hat jetzt schon mein vollstes Verständnis. Ich werde ankommen, mich mit ihr zu einem Atelierbesuch verabreden, schauen, wie weit die Bilder sind, selbige Information an meinen lieben Onkel weiterleiten (natürlich nicht sofort, Stichwort Spesenrechnung) und mich bis zum Heimflug bestens amüsieren. Ab ersten Juli ist in Budapest anscheinend Gay Pride, da wird's mir schon nicht langweilig, und bis ich wieder daheim bin, hat Sam sich eventuell auch wieder beruhigt.

Chat

»Haben Sie Ihre Hausaufgaben gemacht?«
»Ich weiß immer noch nicht, was Sie wollen.«
»Dann gebe ich Ihnen noch einen Tipp. Das Stück stammt aus dem Nachlass eines Mannes namens Antal.«
...
»Wie viel wollen Sie dafür?«
»Na sehen Sie, geht doch. Drei Millionen Dollar bei Übergabe.«
...
»Sie sind ja verrückt, wo soll ich die hernehmen? Abgesehen davon, muss ich die Ware zuerst im Original sehen.«
»Selbstverständlich. Am besten, Sie kommen her, das ist am sichersten. Mailen Sie mir, wann Sie in Budapest eintreffen, dann gebe ich Ihnen weitere Instruktionen. Und immer dran denken – Sie sind nicht der einzige Interessent.«

Naomi

29.6., im Flugzeug.

Ich bin schon ewig nicht mehr geflogen. Das letzte Mal war ich fünf. Meine Nagyi war die ganze Zeit ganz komisch gewesen, hatte viel geweint. Als sie mein Täschchen packte, sagte Mom, wir gehen auf einen schönen Ausflug nach Österreich, nach Wien, zu Onkel Péter. Das soll ich auch dem Mann mit der Uniform sagen, der im Zug das kleine Büchlein aus Moms Handtasche sehen will. Jedem Schaffner hab ich stolz erzählt, wo wir hinwollten. Mom hat gelächelt, aber irgendetwas stimmte nicht mit ihr. Und dieser Onkel Péter war auch etwas seltsam. Zu mir war er nett und gab mir Schokolade, die viel leckerer war als die zu Hause. Aber Mom hatte Angst vor ihm. Wir gingen mit zu ihm und schliefen da, und Mom schloss die Tür ab. Nachts klopfte es, aber sie tat, als schliefe sie. Am nächsten Tag war er nicht mehr so nett, er fuhr uns mit dem Auto aus der Stadt raus zu einem riesigen Feld, wo viele Flugzeuge waren. Schau, mit so einem fliegen wir, sagte Mom. Du und ich. Die Stewardess bringt uns Essen und Trinken, soviel wir wollen, und ganz umsonst. Wir schlafen auch da drin. Und wenn wir aufwachen, sind wir in Amerika, wo die Häuser bis zum Himmel reichen. Wie findest du das?

Das fand ich gut. Da wusste ich noch nicht, dass wir nie wieder zurückgehen, dass ich meine Nagyi nie wiedersehen würde. Dass die Erwachsenen sich das so ausgedacht hatten, weil es »zu meinem Besten« war.

Am Anfang haben wir bei Onkel Fred gewohnt, er war damals schon ein paar Jahre in Amerika. Wir kamen in New York an, Mom konnte kein Wort Englisch, hatte kein Geld und keine Arbeit, wir waren auf Onkel Fred angewiesen. Er besorgte Mom einen Job als Kellnerin.

Es gab fürchterliche Kräche zwischen ihnen. Meistens ging es um Geld. Aber arm war er schon damals nicht. Ich weiß nicht wie, aber nach seiner Flucht aus Ungarn 1980 hatte er innerhalb weniger Jahre eine blühende Galerie und eine Tussi aus den oberen Zehntausend. Schrecklich versnobtes Weib. Und er hat sich immer als Regimegegner hingestellt, das kam gut an bei den Leuten. Mom sagte, das sei erstunken und erlogen. Was Onkel Fred anging, nahm sie mir gegenüber nie ein Blatt vor den Mund.

Mom war immer traurig. Sie arbeitete sehr viel, und dann saß sie nächtelang am Küchentisch und schrieb lange Briefe nach Hause, manchmal stand ich an der Tür und sah ihr dabei zu, wenn ich nicht schlafen konnte. Irgendwann sagte sie, wir brauchen Onkel Fred nicht, wir schaffen es auch alleine. Bei Nacht und Nebel zogen wir um in eine andere Wohnung.

Wir hätten es bestimmt geschafft. Wenn der Unfall nicht passiert wäre.

Heimweh hatte ich nur die erste Zeit, besonders nach meiner Nagyi. Und dann mit der Zeit verblasste mein altes Zuhause und schrumpfte auf die paar Schwarzweißfotos mit zackigem Rand, die Mom in ihrer Geldbörse hatte. Meine Nagyi ist ein paar Jahre darauf gestorben. Mit fünfzehn bekam ich Post von einer Fremden aus dem Mittelwesten, auch einer Ungarin, deren Adresse Mom offenbar die ganzen Jahre als Deckadresse benutzt hatte, wenn sie nach Hause schrieb. In ihrem Brief ein dünner Luftpostumschlag aus Ungarn, jemand hatte meiner Mutter die Todesanzeige meines Vaters ausgeschnitten. Den beigelegten Brief konnte ich nicht lesen, aber der Zeitungsausschnitt mit dem schwarzen Rand war klar genug. Dieser Jemand wusste nicht, dass Mom damals schon sechs Jahre tot war. Das war der Punkt, wo ich beschloss, Ungarisch zu lernen.

Bei dem Unfall war ich neun, und ich kann mich an nichts erinnern, nur an diese furchtbare Leere danach, als ich im Krankenhaus aufgewacht bin und sie mir gesagt haben, dass sie's »nicht geschafft« hat. Ich hab das zuerst gar nicht begriffen. Was »tot« war, wusste ich ja, aber was Mom nicht geschafft haben sollte, wurde mir erst bei der Beerdigung klar. Dass sie nie mehr wiederkommt. Da konnte ich schon wieder einigermaßen gehen und stand an irgendeiner Erwachsenenhand am Grab, und da war Onkel Fred, der sah mich mit diesem Gesichtsausdruck an, als sei ich etwas, in das er zufällig im Park getreten war. Dein Onkel Fred, hieß es, wird sich von nun an um dich kümmern.

Ihm hätte es ja egal sein können, er war ja nie daheim. Aber seine Frau konnte kein Kind um sich haben. Sie steckten mich in ein Internat.

Das war vermutlich wirklich die beste Lösung für uns alle.

30.6., spät.

Hotel Gellért. Endlich, endlich angekommen. Hotel übertrifft kühnste Erwartungen. Besitze keine passende Garderobe. Egal. Kein Donaublick, aber der Gellértberg tut's auch. In Minibar eingefallen, alle Fernsehkanäle durchgezappt. Hardcore-Pornos im Kabel, unglaublich.

Jetlag. Kopfweh.

Gute Nacht.

Do., 1. Juli, morgens.

Klasse Frühstück. Terrasse mit Donaublick. Prost, Onkel Fred. Brenne drauf, in die Stadt zu fahren. Zuerst ein paar Pflichttelefonate, damit's so aussieht, als arbeite ich was.

Zurück auf dem Zimmer.

Seltsam, wieder hier zu sein. Die Sprache zu hören. Wie die Leute hier aussehen. Aber ich bin noch nie richtig im Ausland gewesen, für mich ist alles exotisch. Ist wohl egal, ob ich in Frankfurt bin oder in Rom oder in Budapest.

Vor dem Gellért fahren diese alten gelben Straßenbahnen über die Brücke nach Pest rüber. Mit denen bin ich früher auch gefahren. Mit Nagyi.

Soweit ich zurückdenken kann, hat Nagyi mich immer zum Kindergarten gebracht. Da war ich den ganzen Tag, bis sie mich nachmittags abholte. Meine Nagyi hatte ich sehr lieb, sie hatte immer Geduld mit mir. Abends gingen sie und ich nach vorn zur Straßenbahn und haben Mom abgeholt, die von der Arbeit nach Hause kam. Wir haben gegessen und Mom hat im Wohnzimmer die Ausziehcouch ausgeklappt. Da schliefen wir beide zusammen. Nur manchmal kam Apu an und machte Krach im Hof. Brüllte, rüttelte an der Tür, haute an die Fenster. Dann hielt Mom mich fest umarmt und sagte mir, hab keine Angst, er kann nicht rein. Die Fenster haben Gitter dran, die Tür hat starke Schlösser. Und ich glaubte ihr, bisher war er nie reingekommen. Aber Angst hatte ich trotzdem.

Ich habe dieses Bild von Nagyi im Kopf, eine Momentaufnahme, wie sie in ihrem geblümten alten Morgenmantel im Gang steht, drunter schaut ihr weißes Nachthemd raus, und durch das Guckfenster in den Hof brüllt. *Menjél már haza, szégyent hozol az apád emlékére,* scher dich heim, du machst dem Andenken deines Vaters Schande, den Rest weiß ich nicht mehr. Wie eine Löwin hat sie uns verteidigt. Einmal, kurz bevor wir weggingen, kam die Polizei. Tante Aranka von gegenüber hatte sie gerufen. Tante Aranka war ein mythisches Urwesen mit gelbem Nachthemd, Haarnetz, Lockenwicklern und lila Krampfadern an den Beinen, das man nicht ansehen durfte oder man wird vor Schreck blind.

Ich spürte, dass irgendwas aus den Fugen geraten war.

Sie nahmen Apu mit.

Nagyi ist schon achtzehn Jahre tot. Ich weiß gar nicht, wo sie, mein Großvater und Apu begraben sind. Und ich bin nicht mehr Nagyis kleine Noémi. Auch wenn ich seit zehn Jahren Ungarisch lerne und alles über Ungarn lese, was ich in die Finger kriege. Ich bin Amerikanerin, mich bindet hier nichts mehr. Und wenn ich's mir noch so wünsche. Das ist alles vorbei.

Ich bin hier, um für meinen lieben Onkel einen kleinen Job zu machen, ihm eine satte Spesenrechnung zu fabrizieren und das Maximum an Spaß rauszuholen.

Nachmittags.

Zum Ausrasten isses. Hajnal Szatmáris Telefonanschluss ist abgemeldet. Der Roboter sagt mir, *a hívott számon előfizető nem kapcsolható,* kein Anschluss unter dieser Nummer. Wie stellt Onkel Fred sich das vor? Aber das ist vermutlich genau der Punkt, sie ist abgetaucht und ich soll sie finden. Hmm. Hab die Auskunft angerufen. Man sagte mir, es gäbe sieben Anschlüsse auf den Namen Szatmári Hajnal. Im Ungarischen kommt der Nachname immer zuerst, das bringt einen manchmal durcheinander. Die hab ich alle durchprobiert, keine von denen war's. Dann hab ich ein paar Stunden damit verbracht, mir in meinem Hotelzimmer einen Internetzugang zu organisieren, um meinen Laptop einzustöpseln. Es gibt dafür im Hotel ein Office Center, aber ich wollte meine Ruhe haben und keine geschniegelten Businessmänner sehen, einfach von meinem Zimmer aus über Modem und Telefon, dürfte doch kein Problem sein. Die waren außer sich. Im Office Center haben sie ADSL und günstige Tarife, hier oben ist es langsam, und über die Telefonanlage läppert sich das ordentlich, ob mir das klar wäre. Ich hab ihnen mein schönstes Lächeln geschenkt, aber sicher, kein Problem. Spesenrechnung. Danke, Onkel Fred.

Also dann. »Szatmári+Hajnal+festőművész« in Google eingeben, Hajnal Szatmári, Malerin. Google spuckt mir zwei Links aus, das Französische Kulturinstitut Budapest, da war im Frühling eine Gruppenausstellung ungarischer Künstlerinnen, wo sie mit ausgestellt hat. Der andere Link war eine Überraschung, nämlich das Veranstaltungsprogramm des Budapester Gay Pride 2001. Jemand desselben Namens hat da einen Workshop mit dem Titel »Sakraler Tanz« angeboten, was auch immer das sein soll, nur für Frauen.

Der Kulturmensch im Französischen Institut hat mir die Nummer gegeben, die ich schon habe und die inzwischen abgemeldet ist, verdammtes Pech auch.

Die »Stiftung Regenbogenmission«, die den Pride organisiert, sagte mir, die Veranstaltungen für Frauen würden von der Lesbenorganisation Labrisz organisiert, ich solle es da versuchen.

Auf labrisz.hu steht als Kontakt nur eine E-Mail-Adresse und eine Postfachadresse. Hab ihnen eine Mail geschickt und hoffe, die melden sich bald. Dann hab ich ein bisschen gestöbert und mir die schwul-lesbischen Websites angeschaut und bin auf das Portal pride.hu gestoßen, das wird offenbar viel gelesen, da steht auch das Programm fürs Wochenende drin.

Die Szene hier muss ziemlich klein sein. Ich dachte mir, wenn Hajnal Szatmári mal beim Pride mitgemacht hat, kennt sie doch garantiert wer. Und hab bei pride.hu ein neues Forum eingetragen.

```
Dringend gesucht!
Wer kennt die Malerin Hajnal Szatmári
und weiß, wie ich sie erreichen kann?
Es geht um ihre New Yorker Ausstellung,
ganz wichtig!!
```

Und damit hab ich heute genug gemacht und geh mir jetzt die Stadt anschauen.

Abends.

Heulen könnt ich. Wir haben damals in der Akácfa utca, der Akazienstraße gewohnt, so viel wusste ich noch. Die hab ich auf dem Stadtplan schnell gefunden, siebter Pester Bezirk. Aber das sieht da inzwischen alles so anders aus, hat mir überhaupt nichts gesagt. Bin die ganze Straße abgelaufen und hab das verdammte Haus nicht gefunden. Die Hausnummer weiß ich nicht mehr. Auch nicht, auf welcher Seite es war. Einmal die eine Richtung von der Király utca bis zur Rákoczy út, und dann wieder zurück, im Schneckentempo, in jeden Hinterhof reingeschaut, wo das Haustor offen stand. Nichts.

Sam hat mir gemailt. Wo ich denn stecke. Hab ihr nur geantwortet, sie soll sich keine Sorgen machen, bin beruflich in EUROPA, ich schick ihr 'ne Karte. Die wird geschaut haben. Und eine Mail von pride.hu, »Sie haben eine Nachricht«. Schnell einloggen.

Jemand mit dem komischen Usernamen *turoscsusza,* das sind irgendwelche Nudeln mit Quark, schreibt:

»Hajnal hat kein Internet, wenn's wirklich wichtig ist, gib mir deine Nummer, ich geb's dann an sie weiter.«

BINGO!!!

Freitag, 2. Juli, nachmittags.

Heute bin ich gute Touristin gewesen. Ich war im Burgviertel, in der Pester Innenstadt, im ehemaligen Ghetto, und dann bin ich noch die Andrássy bis zum Heldenplatz rausgelatscht. Ich hab auch versucht einzukaufen. Jetzt bin ich k.o.

Was mir heute alles aufgefallen ist:

– In den Geschäften wirst du an der Kasse böse angeschaut, wenn du nicht das exakte Kleingeld parat hast (besonders in den kleineren).

– Zum Einkaufen in Zukunft immer Extratüten mitnehmen, in den Läden kriegt man keine (zumindest in den kleineren).

– Die Leute hier haben kein Konzept von persönlichem Raum, ständig wird man angerempelt, beim Warten an Haltestellen z. B. stellt sich ständig wer ganz dicht an dich ran.

– Genauso mit Blicken. Irgendwie wird man hier ständig angestarrt. Die Frauen checken einander ab, da läuft ein ständiges Beobachten, Abschätzen. Und die Männer checken die Frauen ab. Alte Leute und Kinder starren alles an, was sich bewegt.

– Und was für ein Stress, hier U-Bahn zu fahren, Bus und Straßenbahn. Als Fahrgast bist du hier nicht Teil des Systems wie zu Hause, also die Norm, sondern die Ausnahme. Daheim kaufst du dein Ticket, entwertest es am Eingang und bist drin. Keiner will was von dir. Hier in Budapest schwirren überall Kontrolleure rum. Jederzeit kann sich neben dir ein missgelaunter Mensch einen rot-goldenen Ärmelstreifen überziehen und dein Ticket sehen wollen. Auf den Rolltreppen in der Metro kommt eine unverständliche Ansage, nur auf Ungarisch, und dann staut sich oben alles, weil man eingekreist wird von Kontrolleuren und alle Leute ewig brauchen, bis sie ihre Fahrkarte aus der Tasche gefischt haben oder bis sie den Kontrolleuren erklärt haben, dass sie keine haben. Momentan ist die Stadt voll von Touristen, die kein Ungarisch können, auf die haben sie's besonders abgesehen. Und natürlich sprechen die allermeisten Kontrolleure keine Fremdsprachen. Man sieht es ihnen an, sie machen einen unterbezahlten Scheißjob und werden inbrünstig gehasst. Ihr einziges Erfolgserlebnis ist es, Schwarzfahrer zu schnappen. Jeder Fahrgast ist verdächtig, als Störfall oder Betrugsquelle, die Beweislast liegt bei dir. Das sind klare Fronten. Die gegen uns.

Genug Kulturschockanalyse. Jetzt wird geduscht, was gegessen, vielleicht ein bisschen Kabel-ferngesehen, und dann muss ich auch schon wieder los.

Abends.

Ich sehe mir beim Schwul-lesbischen Filmfestival im Művész-Kino ein paar Filme an. Zum Glück, denn sonst wüsste ich nichts von der Frauenparty, die steht nicht im Programmheft. Im Kino hängen Plakate aus, und nach

Tipping The Velvet gegen elf ziehen die Frauen in Gruppen alle in die gleiche Richtung los, da brauche ich gar keinen Stadtplan, ich gehe ihnen einfach hinterher.

Die Frauenparty ist in einem Kellerlokal an der Kossuth Lajos utca. Bulliger Securitymensch am Eingang. Man geht die Treppe runter in einen recht großen Raum mit Tanzfläche und Bar, in dem sich etwa hundertfünfzig Frauen verlieren wie in einem überweiten Kleidungsstück. Ist die Szene hier wirklich so winzig? Budapest hat immerhin drei Millionen Einwohner, ich hätte mir das alles größer vorgestellt.

Die Stimmung ist ausgezeichnet, und, das fällt mir auf, die scheinen sich untereinander fast alle zu kennen. Grüppchen stehen oder flanieren herum, formieren sich ständig neu, mischen sich unablässig wie ein Kartenspiel. Ich hole mir ein Bier und lasse die Blicke schweifen. Die Frauen hier sind recht unterschiedlich, aber aufgestylt die wenigsten. Die Mehrzahl eher lässig.

Ein paar Mal versuche ich, jemanden anzusprechen, aber ernte nur erstaunte Blicke. In einem Fall blitze ich eiskalt ab. Zuerst nehme ich's gelassen, amüsieren kann ich mich auch allein. Nach dem dritten Bier gehe ich tanzen, aber da ist eine Clique aktiv, die wilde Choreographien hinlegt und dafür fast die ganze Tanzfläche braucht. Auf dem Weg zum Klo eine Reihe Séparées, Glaskästen mit dunkelroten Vorhängen und Nummern überm Eingang. Ich spähe durch die Vorhänge in eines hinein, mehrere Mädels liegen da völlig knülle übereinander. Ich weiß nicht mal, wo man hier einen Joint kriegt.

Auf der Tanzfläche läuft *YMCA,* und alle singen laut und glücklich mit.

Nach dem fünften Bier gehe ich.

Ich hasse es, allein zu sein.

Samstag, 3. Juli 2004

Naomi

Ganz winzige Pride-Demo, gerade mal tausend Leute auf der Straße. Es war ganz zahm, wirklich schrille Outfits, auf die die Fotografen sich stürzen konnten, fehlten eigentlich. Vorneweg ein Pride-Transparent und ein langes Regenbogenbanner, dann zwei Umzugswagen mit Tanzenden, wummernden Bässen und bunten Luftballons, dahinter der Lesbenblock mit Transparenten. Kleines Grüppchen, aber da war die Stimmung am besten. Ein paar hatten Trommeln und Rasseln mit, andere hauten auf Kochtopfdeckel oder bliesen sich auf Trillerpfeifen wund. Dahinter machten drei Stretchlimousinen den Abschluss, die Art mit integrierter Bar und Billardtisch, so lang, dass sie in der Innenstadt um keine Ecke kommen, zwei schneeweiße und eine schwarze. Aus dem Dach der einen schneeweißen ragte ein Paar Drag Queens, sie steckten einander die Zungen in den Hals und riefen in den Atempausen »Es lebe die Frauenliebe!«, die Fotografen klebten auf ihnen drauf wie Schmeißfliegen auf einem warmen Kuhfladen. In der schwarzen Limousine saß wie die Königin von England eine ältere Tunte mit eckigem Kinn, ab und zu stieg sie aus und präsentierte den Fotografen eine Rettichfigur und Batmanflügel in Feuerwehrrot, mit denen flatterte sie quer über die Andrássy.

Es hat Spaß gemacht, das Wetter war schön, die Stimmung großartig, nur kannte ich niemand und kam mir verloren vor. Warum ist es so schwierig, hier mit Einheimischen ins Gespräch zu kommen?

Heute Abend treffe ich mich mit dieser Réka, die sich

auf meinen Forum-Eintrag gemeldet hat, wir haben uns in einem Club verabredet, da wird sie mir was über Hajnal Szatmári erzählen.

Ich bin erst ein paar Tage da, aber mir kommt's schon vor wie eine Ewigkeit. Die erste Euphorie ist vorbei, und jetzt sickert es langsam durch, dass ich hier fremd bin und dass es niemanden gibt, den ich mal so eben anrufen und dem ich erzählen könnte, was ich hier so sehe und mache.

Vorhin beim Pride alles happy, alle in der Gruppe unterwegs. Ich tu auch happy, aber ich bin alleine. Ich glaube, ich bin davon ausgegangen, dass es hier beim Pride so ist wie zu Hause. Du gehst hin und weißt, zumindest das haben wir gemeinsam, Wildfremde feiern zusammen, kein Problem, da jemanden kennen zu lernen.

Dass das hier nicht funktioniert, ist irritierend. Ganz alleine irgendwohin zu gehen macht mir nichts aus, aber wenn alle dazugehören, nur ich nicht, krieg ich die Krise.

Hab Sam angerufen, die müsste in New York jetzt langsam aufstehen.

Aber sie ging nicht ran.

Réka

Mein Blind Date. Ich wusste gar nichts über sie. Hab sie unter der angegebenen Nummer zurückgerufen, und sie wollte sich sofort mit mir verabreden. Ich dachte, nur mal langsam, jetzt ist Pride, da hab ich Besseres vor, Samstagabend reicht auch, da ist für uns eh nichts los. Frauenparty war ja schon am Freitag. Sie kennt sich hier nicht so aus, sagt sie, wo können wir uns treffen? Ich sagte, im *Alibi*.

Was einem im *Bohemian Alibi* zuerst auffällt, sind die Monitore. Überall, wo mehrere Wandflächen einen Winkel bilden, hängt ein Monitor und überträgt live die Bühnenshow. Ist es noch zu früh dafür, laufen Videos. Im Moment spricht da ein Arsch, mit einem roten Mund aus Pappe. Man kann ihn nicht verstehen, weil der Ton abgedreht ist, man sieht nur, wie er die Lippen bewegt. Die werden rechts und links von Händen gehalten, ungefähr dort, wo die Ohren sind. Der Arsch ist männlich, über 50, wabbelt schon etwas, und ab und zu, wenn die fleischigen netzbestrumpften Schenkel ihre Position verändern, ahnt man zwischen ihnen ein Paar schrumplige, baumelnde Eier.

Der Arsch erzählt offenbar etwas unglaublich Lustiges. Schade, dass wir ihn nicht verstehen können. Die kleine Amerikanerin schaut völlig entsetzt drein. Ich dachte, das *Alibi* als Treffpunkt für ein Blind Date ist ideal, ich wusste ja nicht, was mich erwartet.

Aber ich bin angenehm überrascht. Etwa 26, blaue Augen, dunkles Haar, auffallend schöne Zähne, sportlich, ganz süß eigentlich. Ich hab sie schon gestern bei der Frauenparty bemerkt, da stand sie etwas verloren rum, hab mir überlegt, ob ich sie nicht ansprechen soll. Zum Glück hab ich das nicht getan. Ich weiß noch nicht, warum sie Hajni sucht.

Das heißt, ihr Agent sucht sie. Agent, dass ich nicht lache. Aber er ist Naomis Onkel. Das macht die Sache potenziell interessant.

Wir machen Smalltalk. Sondierungsgespräche. Oder eher Probebohrungen. Sie sagt, sie ist hier geboren und ging mit fünf nach Amerika.

»Und seither warst du nie wieder in Ungarn?«

»Nie.«

»Und hast du gar keine Verwandten mehr hier?«

»Nein, keine.«

»Und was ist das für ein Gefühl, wieder hier zu sein?«

Sie sagt, sie fühlt sich in etwa wie auf dem Mars. Und kontert ihrerseits mit einer Probebohrung.

»Du bist also eine Freundin von Hajnal Szatmári?«

Das kann man so sagen, ja.

»Wir kennen uns schon ewig«, sage ich ihr. »Ich hab seit einer Woche nichts von ihr gehört. Dabei hab ich mir nicht viel gedacht, sie taucht ab und zu unter, aber als ich deinen Eintrag auf pride.hu gesehen hab, dachte ich, da verpasst sie womöglich was Wichtiges.«

»Wie, sie taucht unter?«

»Na, sie hat so Rückzugsphasen. Meldet sich manchmal eine Weile nicht und schaltet ihr Handy aus, besonders wenn sie malt. Oder manchmal geht sie auch mit ihrer Gruppe ein paar Tage in den Wald, wo kein Empfang ist.«

Naomi starrt irritiert an mir vorbei zur Zimmerdecke, der Arsch auf dem Monitor hat gerade Schluckauf. Dann hat er seine Botschaft fertig verkündet und wird überblendet von einer Luftaufnahme der Alpen, in die eine fliegende Gestalt hineinkopiert ist wie Superman, nur mit flatterndem Blondhaar. Als sie auf die Kamera zufliegt, sehen wir sie besser, eine stämmige Dame mittleren Alters mit eckigem Kinn und Fassbauch. Das ist Desirée.

Naomi sammelt sich mühsam. »Hajnal macht es einem nicht leicht, sie zu finden. Ihr Anschluss ist abgemeldet und ihre Adresse nicht rauszukriegen, mein Onkel, ihr Agent, sitzt schon auf heißen Kohlen. Wenn du dich nicht auf meinen Eintrag gemeldet hättest, wüsste ich absolut nicht, wie ich sie finden soll.«

Ich lasse mir die Sache mit dem Agenten genauer erklären, was für eine Ausstellung, wann, wo, und bin wider Willen beeindruckt. Davon hab ich gar nichts gewusst. Da muss man was tun.

»Ich kann dir ihre Handynummer geben, wenn du meinst, das hilft dir«, sage ich. »Aber wie gesagt, sie geht schon seit einer Woche nicht ran. Zurückrufen tut sie generell nie, ihre Karte ist immer leer.«

Die Monitore werden dunkel und flammen dann rot auf. Roter Samtvorhang, rundum lauter Applaus. Die Show beginnt. »Komm, lass uns rübergehen«, sage ich zu Naomi, was jetzt kommt, will ich ihr nicht vorenthalten. Sie schnappt sich ihr Bier und folgt mir durchs Gedränge. Eine grazile kleine Tunte macht die Begrüßung, die ist ganz reizend. Dann wieder Applaus, und Tusch, Bühne dunkel, Spot an. Und es erscheint die vertraute Silhouette, Stiernacken, Fassbauch, nach unten verjüngt wie eine Zuckerrübe, schwankend auf mörderischen Absätzen, das schulterlange Blondhaar wirbelnd in der Windmaschine: Desirée. Applaus. Sieht eigentlich nicht schlecht aus, wenn man die Kombi von Wasserstoffblond, rosa Tüll und ein paar Kilo Make-up bei Mittfünfzigerinnen zu schätzen weiß, Zsa Zsa Gábor hat in ihrem Alter bestimmt auch nicht besser ausgesehen. Aber das ist nicht das Problem.

Naomi zupft mich am Ärmel und will mich was fragen, aber ich winke ab, pssst. Jetzt ist Showtime. Desirée begrüßt die Gäste mit schnurrender Bassstimme auf Englisch, lächelt kurz, sammelt sich, hebt dann das Mikro. »Ladies and Gentlemen – *Summertime!*«

Und holt Luft.

Was uns dann aus mehreren Quadratmetern Lautsprecheranlage beschallt, klingt in etwa wie das Brüllen eines brünstigen Seeelefanten.

Das ist das Problem mit Desirée. Sie singt leidenschaftlich gern, und unter fünf Minuten wird sie nie fertig, das Publikum hält sich gepeinigt die Ohren zu.

Als sie sich dann endlich erbarmt, höhnisches Klatschen

und Johlen. Die Künstlerin nimmt den Applaus so beiläufig entgegen, als sei sie gewohnt, sonst in Sportarenen aufzutreten.

»Der ist ja entsetzlich«, sagt Naomi schaudernd. »Wieso buhen die ihn nicht aus? Merkt der denn nicht, wie schlecht er ist?«

Ich kläre sie auf. Desirée ist Amerikanerin. Sie hat irgendeinen Apparat erfunden, der zur Grundausstattung für Heilpraktiker gehört, und ist damit so astronomisch reich geworden, dass sie sich das *Alibi* als private Spielwiese leisten kann. In Amerika würde sie vermutlich gesteinigt, hier kann sie sich austoben. Alle wissen, Desirée gehört der Laden. Die Getränkepreise sind in Ordnung, es gibt außer ihr ein paar ganz gute Travis, und das *Alibi* ist der einzige Club dieser Art in Budapest, der jeden Abend geöffnet hat und wo sich nicht nur die Jungs wohl fühlen. Dafür nimmt die amüsierwütige Jugend einiges in Kauf.

Ich frage Naomi, wie sie die Fotos findet. Der ganze Laden ist voller gerahmter *glamour shots* von Desirée als Pin-up. Desirées ungarische Frau, mit der sie zwei kleine Kinder hat, ist auch auf vielen Fotos drauf, teils allein, teils mit ihr zusammen. Vollbusig, langbeinig, gleiche Haarfarbe. Das Ehepaar zusammen auf einem Foto produziert einen bizarren Zwillingseffekt. Man wird den Verdacht nicht los, dass Desirée sie ausgesucht hat, weil sie so aussieht, wie Desirée sich selbst gerne sehen will. Aber mein Lieblingsbild ist die Fotomontage, wo sie als Paar drauf ist, gleichzeitig als Frau im weißen Kleid und als Mann im weißen Anzug, und sich vor einem Sonnenuntergang romantisch küsst.

»Ich brauch jetzt was Stärkeres«, stöhnt Naomi und geht uns noch mal Drinks holen.

Bisher hat sie sich ganz gut gehalten, denke ich. Ich mag sie. Und tätige ein schnelles Telefongespräch.

»Hast du vielleicht eine Idee, wo ich nach Hajnal suchen könnte?«, fragt Naomi und drückt mir ein beschlagenes Glas in die Hand. Das habe ich tatsächlich.

»Warum fahren wir morgen nicht zusammen hoch in ihr Atelier?«, sage ich und lächle sie an. »Ich habe einen Schlüssel. Dann siehst du wenigstens, wie weit sie mit den Bildern ist.«

Naomi

Nachts im Hotel.

Geil! Geil!! Bin ich froh, dass ich Réka kennen gelernt habe! Die ist total nett!!! Etwa so alt wie ich, Webdesignerin, sportlicher Typ, sie hat ein tolles Lachen, und wenn mir die ungarischen Wörter nicht einfallen, reden wir auf Englisch weiter. Sie hat was Offenes, Souveränes, das mir gefällt, mit ihr kann man sicher tolle Sachen unternehmen. Nur dieser Club gestern war furchtbar. Wenn das der einzige Ort ist, wo man sich hier unter der Woche treffen kann, dann gute Nacht.

Sonntag, 4. Juli 2004

Naomi

Ich stehe am Moskauer Platz in Buda unter der Uhr und warte auf Réka. Hajnal Szatmáris Atelier liegt in den Budaer Hügeln im zweiten Bezirk, wir fahren mit dem Bus hoch.

Der Moskauer Platz ist extrem hässlich. Die Metrostation sieht aus wie ein graues Tortenstück aus sozialistischem Sichtbeton, um das herum die Ameisen wimmeln. Alle paar Minuten spuckt die Metro einen Schwall aus, und außen an den Fahrkartenschaltern stehen endlose Schlangen. Romafrauen im Spalier bieten Waren an – Turnschuhe, Hemden, Ferngläser, Batterien –, jede hat nur ein, zwei Stück in der Hand. Keine Ahnung, wer ihnen das abkauft, die Menge spült gleichgültig an ihnen vorbei. Aber die Klangkulisse ist interessant, jede Verkäuferin singt ihren Spruch in ihrer speziellen Tonhöhe, *tessék a szép tornacipő tessééék!* Bitte die schönen Turnschuhe. Bitte die leichten Sommerhemden. Jede hält konsequent ihre eigene Tonhöhe durch, das ergibt einen Klangcluster wie irgendwas von John Cage. Ab und zu kommen ein paar Polizisten dahergeschlendert, und dann, hast du nicht gesehen, sind die Verkäuferinnen alle weg, wie vom Erdboden verschluckt.

Da kommt Réka. Ich freue mich, sie zu sehen.

Wir fahren mit dem Bus 49 den Berg hinauf. Gute Gegend, hier wohnen die Bessersituierten, in alten Villen mit verwunschenen Gärten oder in quietschgelben neuen Protzbauten mit eigener Tiefgarage, die Gartentörchen flankiert von weißen Gipslöwen. Wir haben damals im sechsten Bezirk in Pest gewohnt, in einem alten Mietshaus. Da gab es nur einen Innenhof, und das einzige Grün dort war das Moos an den leckenden Rohren. Akácfa utca, Akazienstraße. Das Haus, das sich vor mir versteckt.

Wir fahren den Berg hoch, immer weiter, ich weiß schon gar nicht mehr, wo wir sind. Noch ein paar Minuten zu Fuß, und wir stehen vor einem kleinen Mehrfamilienhaus, halb verdeckt von Fliederbüschen. Sehr ruhige Wohngegend, kaum Verkehr. Das Gartentor hat keine Gipslöwen, und es ist nicht abgeschlossen. Wir gehen eine Treppe aus Steinplatten hinauf.

»Der Vorderteil gehört einer Heilpraktikerin«, erzählt Réka, »Hajnis Atelier ist hinten in der Einliegerwohnung.«

Durch einen efeuüberwachsenen Torbogen geht es nach hinten und dann ein paar Schritte den Berg hoch, und da steckt eine Metallstange im Rasen mit einem handgetöpferten Keramikschild dran: Szatmári Hajnal. Na endlich. Während Réka den Schlüssel aus ihrem Rucksack fummelt, stelle ich mich auf die Zehenspitzen und schaue zum Fenster hinein.

Es ist dunkel da drin.

»Die Tür! Guck dir die Tür an, verdammt!« Réka starrt auf den Eingang, und jetzt sehe ich sie auch, die hellen splittrigen Fasern vor dem dunklen Holz und die bleckende Metallzunge, die nicht mehr ins Schloss hineinpasst, wo sie hingehört.

Die Tür wurde aufgebrochen.

Réka stürmt in die Wohnung und knipst das Licht an, ich hinterher. Oh mein Gott.

In dem kleinen Raum ist nichts mehr ganz. Über das ganze Zimmer verstreut liegt kniehoch der Inhalt von zwei Wandregalen. Stuhlbeine ragen in die Luft, die Staffelei zerbrochen am Boden, in allen jungfräulichen Leinwänden gähnen obszöne Messerschlitze. Darüber liegt beißend der Geruch von Ölfarbe und Lösungsmittel. Flaschen und Kanister umgekippt am Boden, weiße Grundierung zu einer rissigen Kruste erstarrt, und darauf verschmierte Würstchen aus Karminrot und Preußischblau. Der Jemand, der hier gewütet hat, hat anschließend über der Bescherung wahllos Farbtuben ausgedrückt.

Ein paar Sekunden stehen wir wie vom Donner gerührt, dann arbeiten wir uns zum Badezimmer am anderen Ende des Raumes vor. Dort sieht es ähnlich aus. Duschvorhang heruntergerissen. Toilettenartikel auf dem Boden zerstreut. Mein Herz klopft laut, Réka ist den Tränen nah.

»Nichts anfassen, wir müssen die Polizei rufen«, sage ich. Ich sehe zuerst kein Telefon in den Trümmern, aber dann finde ich die Büchse mit dem Telefonanschluss und taste mich am Kabel entlang.

»Wer konnte so was nur tun?«, fragt Réka fassungslos. Sie sitzt im Bad auf dem Boden und zieht etwas unter dem Duschvorhang hervor. »Ribizli ist auch weg. Hajnis Katze. Ihr Futter ist schon ganz alt.«

Ich habe das Ende des Telefonkabels gefunden. Es ist glatt abgeschnitten. Jemand war hier sehr gründlich. Und jetzt fällt mir noch was auf: Alle Bilder sind weg.

Réka

Mein Gott, wie's da nur ausgesehen hat. Mein Gott, Hajni. Die waren wirklich gründlich.

Da will sie jemand komplett vernichten, sagte ich zu Naomi, was das alles kosten wird! Farben, Leinwände, Rahmen, neue Staffelei. Naomi meinte, das zahlt doch bestimmt die Versicherung. Gott, das stellt sie sich so vor, Versicherung, Hajni kann ja kaum ihre Miete zahlen. Wo zum Henker steckt sie nur?

Bin mit Naomi rüber zu Emese, der Vermieterin. Sofort die Polizei anrufen.

Emese hatte grad wen zur Behandlung da, aber sie entschuldigt sich und kommt rüber zu uns. »Das war irgendwann letzte Woche«, sagte sie. »Vorletzte Woche, als Hajni nicht da war, hat sich ein Mann nach ihr erkundigt, der mir gar nicht gefiel. So ein bulliger Typ, Ausländer. Dann bin ich an den Balaton gefahren, und als ich zurückkam, fand ich DAS. Hab natürlich sofort die Polizei verständigt, die kamen und haben sich alles angeschaut, keine Fingerabdrücke gefunden, und das war's. Anzeige gegen Unbekannt. Die denken, jemand hat mit Wertsachen gerechnet und ist ausgerastet, als er keine gefunden hat.«

Die Stereoanlage ist futsch, aber die war sowieso schon fast hinüber.

»Aber was ist mit den Bildern?«, fragte Naomi. »Die sind doch alle weg!«

»Ja, zum Glück«, meinte Emese, »Hajni hatte gerade gar nichts da. Vorletzte Woche hat sie noch einen Auftrag fertig gemacht, und die Frau kam und hat es abgeholt. Dann ging sie weg, seither gab's nichts Neues.«

»Sie hat nichts *fertig?!«*, rief Naomi fassungslos. »Und ihre Ausstellung in drei Wochen?!«

Emese schaute verwundert drein.

»Wenn es sein muss, arbeitet sie sehr schnell«, meinte ich. »Nicht, Emese? Als sie den Kalender machen musste, hat sie für ein Bild zwei Tage gebraucht.«

»Stimmt«, sagte Emese. »Und dann isst sie auch nichts und schläft nicht, ich sag ihr ständig, dass sie sich so noch kaputtmacht. Und hinterher kommt sie angekrochen: Emese, ich brauch Akupunktur, Emese, ich brauch Massagen. So eine ist das, unsre Hajni. Ich versuche seit einer Woche, sie zu erreichen, geht mal wieder nicht ran. Schätze, sie ist wieder beim Trommeln im Pilis.«

»Wo ist sie?«, fragte Naomi.

»Im Pilis. Halbe Stunde mit dem Auto. Berge, Wald und Einsamkeit.«

Naomi überlegte. »Hajnals Katze ist verschwunden«, sagt sie. »Wer füttert sie denn, wenn Hajnal weg ist? Lässt sie die denn sonst so lang alleine?«

Emese runzelte die Stirn. »Stimmt. Normalerweise sagt sie mir Bescheid, wenn sie ein paar Tage weg ist. Aber vielleicht hat sie Ribizli auch mitgenommen. Das tut sie manchmal. Bitte entschuldigt mich jetzt, ich muss weitermachen.«

Naomi

Was für ein Tag. Diese Emese sah nicht so aus, als machte sie sich große Sorgen um Hajnal. Réka schien unschlüssig. Die Polizei war ja schon da gewesen, also machte ich Réka den Vorschlag, erst mal das Chaos hier aufzuräumen, mein Stadtbummel hatte schließlich Zeit. Réka schaute etwas erstaunt, aber dann lächelte sie und nickte, ja, das ist das Naheliegende. Emese gab uns Putzzeug und ein paar alte Klamotten, und dann waren wir die nächsten paar Stunden gut beschäftigt. Trümmer raus, was kaputt ist, runter zu den Mülltonnen, was noch geht, erst mal auf die Seite. Papiere zusammensuchen, schauen, was wichtig ist, oder vielmehr was noch ganz ist, ablegen in einem Karton. Regale aufstellen und einräumen. Ölfarben vom Holzboden entfernen. Aufwischen. Farbtuben checken, die leeren raus, die mit Restinhalt zurück ins Regal. Das waren leider die wenigsten. Im Bad Duschvorhang anbringen. Toilettenartikel checken, was kaputt ist, wegwerfen, was OK ist, zurück ins Regal. Altes angetrocknetes Katzenfutter vom Boden und aus dem Napf entfernen, huääh, das hat sich schon bewegt. Gut durchwischen, Napf spülen, mit Trockenfutter füllen, frisches Wasser daneben, für den Fall, dass Ribizli sich seither im Garten rumtreibt und genug hat von Mäusen. Fertig. Mittagspause.

Wir gehen zum kleinen Lebensmittelgeschäft ein paar Straßen weiter und holen was zu essen. Brötchen, Aufschnitt, längliche gelbe Paprika und Strauchtomaten und je eine Coke. Setzen uns damit auf die Stufen vor dem Haus in die Sonne.

»Ich werd ein Vorhängeschloss besorgen, die Tür geht ja nicht mehr zu. Nicht perfekt, aber das tut's schon, bis Hajni wieder da ist«, meint Réka kauend. »Vielen Dank für deine Hilfe, da hast du echt was gut bei uns.«

»Kein Problem«, sage ich und grinse zurück. Hajnal muss ja nicht gleich der Schlag treffen, wenn sie vom Trommeln wiederkommt. Apropos. »Was ist das eigentlich, wo sie immer hingeht, das Trommeln?«, frage ich.

Réka grinst und rollt die Augen himmelwärts. Schöne Augen hat sie, braune. »Hajni ist in so einer Schamanengruppe drin, die treffen sich zu bestimmten Zeiten und halten im Wald Rituale ab, ›Die Erde heilen‹ und so was. Ich kann damit nicht viel anfangen, aber sie ist voll dabei. Da kriegt sie ihre Inspiration her. Sie trommelt sich mit den anderen beim Lagerfeuer in Trance, und anschließend kommt sie heim und malt nur und malt, wie am Fließband.«

»Wenn's funktioniert – besser als Drogen«, meine ich achselzuckend. »Wenn es *das* ist, was sie gerade macht, muss sich mein Onkel wohl keine Sorgen um seine Ausstellung machen.«

Oh, ich kann so witzig sein. Im Gegenteil, ausflippen wird er, *ausflippen!!* Drei Wochen bis zur Eröffnung, und statt zu produzieren, trommelt sich die Malerin in den ungarischen Wäldern ins Nirwana, im Atelier kein einziges fertiges Bild! Die kriegt in zwanzig Tagen nie und nimmer eine Ausstellung zusammen. Schon rein technisch, das dauert doch, bis das Zeug getrocknet ist. Oder irr ich mich da, schließlich versteh ich nichts von Kunst, was, Onkel Fred? Plus die paar Tage für den Transport, also hat sie noch, sagen wir, fünfzehn Tage. HA! Damit wäre meine Mission wohl erfüllt: Onkel Fred, die Ausstellung ist mit ziemlicher Sicherheit geplatzt.

Mit dieser Info werde ich allerdings noch ein paar Tage warten. Sagen wir, bis kurz vor dem Abflug.

Réka

Das ist so ein nettes Mädchen! Ich fass es nicht, wir kennen uns doch erst seit gestern, und sie, die eigentlich so aussieht, als ob sie sich nicht gern die Hände dreckig macht, hat mir von sich aus angeboten, bei Hajni aufzuräumen. Genau was Hajni in der Situation auch machen würde. Wir haben stundenlang geschuftet, jetzt kann man da wieder rein. Dafür hat sie echt was gut bei uns, da könnt ihr sagen, was ihr wollt.

Mir ist eingefallen, dass am Dienstagabend Vollmond sein muss, dann trommeln sie vielleicht wieder an der üblichen Stelle bei Visegrád, wohin sie mich mal mitgenommen hat. Einbruch ins Atelier, amerikanische Ausstellung, wenn Hajni nicht ans Telefon geht, ist es jetzt wohl an der Zeit, dass wir sie suchen gehen. Ich hab die Woche sowieso noch frei. Naomi nickt, ja, das wär super. Also Dienstag.

Dann hab ich sie gefragt, was sie denn hier in Budapest sonst so vorhat, und sie meinte, sie würde so gern das Haus wiederfinden, wo damals ihre Oma gewohnt hat. Ich hab den Nachmittag Zeit, also sagte ich, wieso gehen wir nicht zusammen, vielleicht finden wir es ja leichter zu zweit. Naomi hat sich gefreut.

Haben schnell geduscht, uns wieder umgezogen und sind zum Bus. Ihre Oma wohnte im siebten Bezirk, vom Moskauer Platz aus nehmen wir die Straßenbahn 4/6 bis Király utca und laufen den Rest.

Im Bus ist mir der Typ aufgefallen. Jeans, T-Shirt, an die dreißig, groß, dunkelblond, beginnende Stirnglatze. Hab mich gefragt, wo hab ich den schon mal gesehen? Unten am Moskauer Platz ist es mir eingefallen. Heute früh, als wir hier eingestiegen sind, saß der auch schon mit im Bus.

Wir sind nach Pest rübergefahren. Naomi weiß nicht mehr, an welchem Ende der Akácfa utca ihre Oma wohnte, und war ganz frustriert. Ich sagte, jetzt nehmen wir uns Stück für Stück die ganze Straße vor und beginnen am Ende Ecke Király utca. Das finden wir schon.

Und dann hat Naomi ihre Vergangenheit eingeholt, und ich sag euch, das war der reine Horror.

Naomi

Die Straße steht voller Autos, die Fassaden von Abgasen geschwärzt.

Wir gehen die Straße entlang, ab und zu bleibe ich stehen, luge in Hinterhöfe, lese Hausnummern auf Mülltonnen, aber alles bleibt mir fremd. Es ist schon zu lange her. Heulen könnt ich.

»Weißt du noch, wo dein Kindergarten war?«, fragt Réka. »Oder wenn du morgens aus dem Haus kamst, in welche Richtung bist du da gegangen?«

Dahin, wo die Musik war. Genau. Immer wenn ich mit

Nagyi in den Kindergarten ging, konnte man auf der Straße im Vorbeigehen Musik hören. Ganz unterschiedliche, mal war sie lustig, mal traurig. Manchmal blieben wir da ein paar Minuten stehen und hörten zu, und Nagyi sagte, hörst du, *kicsikém?* Das ist ein Klavier. Und das andere, was so kratzt, das ist eine Geige.

Réka grinst. »Da drüben am Franz-Liszt-Platz ist die Musikakademie«, sagt sie. »Da bist du von diesem Ende aus gekommen. Jetzt gehen wir das Stück noch mal ab, und du schaust ganz genau.«

Ich meine, wenn wir morgens aus dem Haus gingen, gingen wir nach links. Dann war das Haus von der Király utca aus gesehen auf der rechten Seite. Ein ganz gewöhnliches altes Mietshaus. Nichts Besonderes. Das daneben war schöner, das hatte Balkone dran. Die sahen aus wie die weißen Papierdeckchen mit den schönen Löchern drin, auf denen in der Konditorei die Kuchenstücke liegen. Nur dass sie schwarz waren und nicht weiß. Ich hab Nagyi oft gefragt, ob wir nicht lieber da wohnen können. Worauf sie sagte, aber, *kicsikém,* mein Kleines, wir wohnen im Erdgeschoss, da brauchen wir doch keinen Balkon.

»Schmiedeeiserne Balkongitter«, sagt Réka. »Guck mal da.«

Tatsache. Ganz dünn und rostig hängen sie an morschen Schrauben, ein paar sind sogar schon abmontiert. Und das Haus daneben, das mit der schlichten Fassade und dem neuen hellgelben Anstrich, hat die Nummer 37.

Akácfa u. 37.

Stimmt.

Urplötzlich hab ich einen dicken Kloß im Hals.

Vielleicht hab ich ja insgeheim gehofft, dass ich dieses Haus nie wiederfinde. Das ist dann der Beweis, dass das alles gar nicht passiert ist. Dass Nagyi nur in meiner Phantasie existiert. Dass sie nicht gestorben ist, ohne Mom und mich je wiederzusehen.

Wenn es dieses Haus nicht gibt, heißt das vielleicht sogar, dass wir hier gar nie gewohnt haben, Mom und ich. Dass Apu uns nicht wehtun wollte und dass wir den Ausflug nach Wien nie gemacht haben, das hab ich mir alles nur ausgedacht. In Wirklichkeit war alles ganz anders, und nachher im Hotel rufe ich New York an, und Mom gähnt, weil es daheim noch so früh am Morgen ist, und sagt so was wie: »Na, mein Schatz? Amüsierst du dich? Bei uns regnet es schon die ganze Woche, wie ist das Wetter in Budapest?«

Die Tür ist zu, die Namen am Klingelschild sagen mir alle nichts. Und jetzt?

»Wir warten«, sagt Réka. Tatsächlich kommt nach ein paar Minuten ein Junge mit Hund heraus, und Réka schnappt sich den schweren Türflügel, bevor er wieder ins Schloss fällt.

Kühler Eingang. Karierte Steinfliesen, schwarz-weiß-schwarz. Es riecht nach Essen. *Rántott csirke,* paniertes Hühnchen vielleicht. Das hab ich in Budapest auf der Straße sofort gemerkt, die Gerüche sind hier immer noch dieselben.

Meine Beine reichen gerade so weit auseinander, dass meine Zehen in den roten Sandalen im Schwarz stehen. Wenn ich mich feste abdrücke und springe, lande ich im schwarzen Rechteck gegenüber, aber nur, wenn ich meine rutschigen Turnschuhe nicht anhabe. Dieses Spiel macht nur in Sandalen Spaß.

Noémi gyere, hamar kész a vacsora, mosdd kezet, siess!

Noémi, Abendessen ist gleich fertig, wasch dir die Hände, beeil dich!

Nagyis Stimme klingt mir in den Ohren, als sei sie mit ihren Einkaufstaschen gerade erst vor mir um die Ecke verschwunden.

Wir gehen durch den offenen Torbogen in den Hof hinaus. Auch er frisch gestrichen, die weichen Moospolster um die Rohrleitungen verschwunden. Genauso wie die Wäschestange, auf die ich immer klettern wollte und nicht hochkam.

Die zweite Tür links hinten vor der Brandmauer ist es. Nagyi hatte im Sommer eine Bank draußen stehen. Und einen Holzschemel, um ihre Füße hochzulegen. Meistens saß da aber ich. Dann bat sie mich, ihre Geranien zu gießen. Das machte ich gern. Ich hatte meine eigene Gießkanne.

Keine Bank. Keine Geranien. Die Gardinen sind zu. Nagyi ist fort.

»Wollen wir klingeln?«, meint Réka. »Vielleicht lassen sie uns rein.«

Aber ich will nicht. Der Kloß in meiner Kehle ist zu groß. Vielleicht ist das der Sinn der Übung, denke ich. Sehen, dass nichts mehr da ist, und damit abschließen. Es ist niemand mehr da. Ich war allein, seit ich neun war. Ich hab gelernt, mich alleine durchzuschlagen.

Sie hat mir richtig Leid getan. Ich seh doch, sie ist kurz davor, einfach loszuheulen. Ihr kommen ständig Erinnerungen hoch, ständig sieht sie irgendwas vage Vertrautes, sie hat hier einen Aha-Effekt nach dem anderen, und dann stehen wir in diesem Innenhof in der Akácfa utca, wo früher ihre Oma gewohnt hat, und ihr bricht es das Herz, dass da nichts mehr ist. Ich hätte sie fast in den Arm genommen.

Und plötzlich geht gegenüber die Tür auf, und so ein altes Muttchen kommt rausgeschossen und fragt uns, was wir hier verloren haben. Diese alten Damen sind die beste Alarmanlage. Sehen alles, hören alles, stets schwebt der Wählfinger über der Taste, wo der Notruf einprogrammiert ist – Achtung, aufgepasst, FREMDE im Haus!! Und Naomi, ganz still und höflich, sagt mit ihrem amerikanischen Akzent, wir schauen uns nur um, wir gehen sofort wieder. Und kriegt plötzlich große Augen. Geht auf das Muttchen zu und fragt ganz ungläubig: Aranka *néni?!*, und das Muttchen sagt: So heiß ich, und bitte wer sind *Sie??!* Und Naomi sagt: Ich bin Noémi!, und das Muttchen fällt aus allen Wolken und ihr um den Hals. *Jaj istenem!*, mein Gott, das *gibt's* doch nicht, die kleine *Noémi?!* Aus Amerika?! Kommt rein, kommt rein!

Und dann sitzen wir in der guten Stube und kriegen Kaffee und synthetischen Heidelbeersirup vorgesetzt, und Tante Aranka setzt sich ihr gegenüber und fragt erwartungsvoll: Sag doch, Kind, wie geht's deiner Mutter, alles in Ordnung, alles gesund?

Und Naomi sagt: Mom ist 1987 gestorben. Autounfall.

Und da kommt es ihr endlich. Das Heulen. Sitzt auf

Aranka *nénis* dunkelbraunem Sofa, ganz klein und ganz verloren, und ihr laufen nur so die Tränen runter. Tante Aranka hält sich die Serviette an den Mund, *jaj istenem*. Setzt sich neben Naomi und nimmt ihre Hand, *kincsem, de sajnálom*, mein Liebes, das tut mir so leid. Und Naomi weint noch mehr.

Schauen Sie mal da drüben, sagt Aranka *néni* zu mir, da liegt eine Packung Papiertaschentücher. Die hole ich und lege sie Naomi hin.

»Bist du etwa bei deinem Onkel Alfréd aufgewachsen?«, fragt Aranka *néni*. Und Naomi schüttelt den Kopf, nein, sie sagt, eher wäre sie gestorben. Er hat sie in ein Internat gesteckt. Die alte Frau nickt grimmig. »Das sieht ihm ähnlich. Aber glaub mir, das war das Beste so.« Dann geht Aranka *néni* zum Schrank, kramt eine Weile in diversen Schachteln und Pappkartons und kommt mit einem Fotoalbum wieder. Und was wir dann erfahren, hat sogar mich umgehauen.

Naomi

Fotos. Fotos! Nicht viele, nur acht Stück, aber sie sind alle drauf. Wie Gestalten aus einem alten Film, die plötzlich vor unseren Augen lebendig werden. Ich nehme sie zögernd in die Hand.

Da sind Nagyi und mein Großvater (Imre), an den ich mich nicht erinnern kann, hager, schütteres Haar, dichter Schnurrbart, in den späten 60ern wohl. Nagyi ist jung, an die vierzig. Jünger, als ich sie mir je hätte vorstellen können. Daneben eine junge Aranka *néni* und ihr Mann. Sie sitzen irgendwo draußen und trinken und lachen. Ein halbwüchsiger Junge schneidet über Großvaters Schulter Grimassen in die Kamera. »Das da ist Laci, dein Vater.« Das Foto hat Alfréd gemacht.

Fotos. Momentaufnahmen aus einer Zeit, die es nicht mehr gibt. Für mich ist es der Anfang der Welt. Für Aranka *néni* ist es vorgestern. Ich schaue die Fotos durch.

Nagyi im Hof, sie pult Erbsen, etwa mit sechzig. So kenne ich sie schon fast.

»Das war, als dein Großvater im Gefängnis war«, sagt Aranka *néni*, ihr Mund dünn wie eine Messerklinge. »Fast einen Monat war er drin.«

Wie. Im *Gefängnis?*

»Das hat dir niemand erzählt?«, fragt Tante Aranka. »Das sähe Alfréd ähnlich.«

Was hat mein Großvater denn gemacht?

»Imre? Gar nichts hat er gemacht. Sein Sohn Alfréd hat illegal das Land verlassen. In solchen Fällen haben sie sich die Familie vorgenommen. Eines Abends stand die Polizei da und hat ihn abgeholt zum Verhör.«

»Einen Monat Haft, wegen so was?«, fragt Réka. »Wann war denn das?«

»Im September 1980, das weiß ich noch genau«, sagt Aranka *néni* bitter. »Sie haben Imre mitgenommen, und er kam nicht wieder. Imre war herzkrank. Mitte Oktober hatte er nachts in seiner Zelle einen Herzinfarkt, sie haben ihn erst am Morgen gefunden.«

Oh Gott.

»Das wusste ich nicht«, sage ich. »Mom hat auch nie darüber geredet. Sie hat überhaupt nicht viel von zu Hause erzählt.«

»Kannst du dich noch an deinen Vater erinnern? Hat sie dir von ihm erzählt?«, fragt Aranka *néni*.

Das weiß ich noch selber. Er hat viel getrunken, drum mussten wir weg von ihm, als ich noch klein war.

»Weißt du auch, wie es kam, dass dein Vater so viel trank?«, fragt Aranka *néni.*

Keine Ahnung. Er trank, und dann schlug er seine Frau und sein Kind. Darum wohnten wir bei seiner Mutter, bis wir den Ausflug nach Wien machten. Meine Ungarischlehrerin hat mir den Brief damals vorgelesen, er war von einer ehemaligen Kollegin. László Vígh, mein Erzeuger, war schwerer Alkoholiker. Er hat beim Bau gearbeitet und ist mit 43 von einem Gerüst gefallen. Und gestorben. Mom war in Ungarn Lehrerin gewesen, ich hab mich oft gefragt, wie sie ausgerechnet an einen saufenden Bauarbeiter kam.

»Dein Vater war kein Bauarbeiter, Noémi«, sagt Tante Aranka ernst. »Er war Physiklehrer, am Gymnasium. Als Alfréd ging, verhafteten sie nicht nur deinen Großvater, sondern sorgten auch dafür, dass Laci seine Stelle verlor. Und nie wieder eine Lehrerstelle bekommen würde. In solchen Fällen war das gang und gäbe. Ab da gab es für ihn nur noch körperliche Arbeit. Zuerst hatte er Depressionen, und dann fing er an zu trinken. Von da an ging es nur noch bergab mit ihm.«

Ein neueres Foto von Aranka *néni* und Nagyi drüben in der Wohnung. Da war sie schon krank.

»Warum ist Nagyi damals nicht mit uns mitgekommen?«, frage ich und weiß die Antwort eigentlich selber.

»Sie war alt, sie war krank, einen alten Baum verpflanzt man nicht«, sagt Tante Aranka. »Jahrelang hat sie Alfréd zugesetzt, wenigstens euch beide hier herauszuholen. Für deine Mutter war das Leben hier die Hölle, aber vor allem dir wollte sie eine Chance auf eine bessere Zukunft geben. Alfréd hatte mit seiner Flucht die Familie zugrunde gerichtet, drum war es das mindeste, das er tun könne, schrieb Ilonka ihrem Sohn, seiner Schwägerin und seiner kleinen Nichte zu helfen. Laci hätte nie einen Pass bekommen, das war klar. Seine Frau allein dagegen schon. Das machten sie damals häufig. Ließen nicht die gesamte Familie ausreisen, sondern nur einen Teil, damit sie auch wiederkamen. Aber deine Mutter brauchte seine schriftliche Einwilligung, dich mitzunehmen. Die hat Ilonka ihm abgeluchst. Ihn überzeugt, dass es das Beste für dich wäre. Er war nicht ganz nüchtern, deshalb hat er unterschrieben. Ihm ging erst am nächsten Tag auf, was seine Familie da plante. Mit dem Segen seiner Mutter würde seine Frau ihn verlassen und das Kind mitnehmen, und sie würden zu seinem Bruder gehen, der an seinem ganzen Unglück schuld war. Und er würde zurückbleiben, allein. Dein Vater liebte deine Mutter, weißt du, auf seine Art. Er war in seinem Kern ein guter Mensch, das sage ich dir und das darfst du nicht vergessen. Aber diese Geschichte hat ihn zugrunde gerichtet, und deine Mutter hätte sich von ihm scheiden lassen, auch wenn sie nicht gegangen wäre.«

Was Onkel Fred motivierte uns zu helfen, war sein schlechtes Gewissen gewesen. Das sich schlagartig legte, als seine Mutter gestorben war.

»Als Ilonka starb, kam Laci und hat alles ausgeräumt. Ich wollte ihn noch um ein paar von ihren Fotos bitten, aber mit ihm war nicht zu reden, und das war das letzte Mal, dass ich ihn gesehen habe.«

»Das verstehe ich nicht ganz«, sagt Réka wieder, »Sippenhaft wegen Republikflucht, 1980. Haben die da nicht überreagiert?«

Aranka *néni* schüttelt den Kopf. »Es war nicht nur Republikflucht«, sagt sie finster. »Sie verdächtigten Alfréd, etwas wirklich Schlimmes verbrochen zu haben. Ich weiß nichts Genaues, die schwiegen sich aus. Aber es muss ein Vergehen gegen das System gewesen sein, schwerwiegender noch als Mord. Und die ganze Familie musste für sein Verbrechen büßen.«

Abends.

Ich bin im Hotel, vor mir die Fotos, und heule mein Kissen voll. Vergiss das nie, Noémi, sagte Tante Aranka zum Schluss, deine Mutter und deine Großmutter haben dich sehr, sehr lieb gehabt. Du warst ihr Ein und Alles. Sie haben sich all die Jahre bis zu Ilonkas Tod geschrieben. Auch wenn es ihr das Herz brach, sie hat deine Mutter immer darin bestärkt, das Richtige getan zu haben. Sie wusste, was diese Reise bedeutete, dass ihr euch nie wiedersehen würdet. Sie hat es in Kauf genommen. Du hast ihr auch geschrieben, weißt du nicht mehr?

Und dann hat sie den Brief aus der Schachtel genommen, Moms letzten Brief an Nagyi, den Aranka *néni* ihr mit ins Krankenhaus gebracht und vorgelesen hatte und den sie später mit Nagyis Sachen zu sich nach Hause nahm, weil Laci gerade unauffindbar war. Es war eine Zeichnung drin, mit einer großen Frau und einem kleinen Mädchen vor Häusern, die so hoch sind, dass sie bis in den Himmel reichen. *Rajzolta Noémi 6 1/2 éves*, steht da, gezeichnet von Noémi, sechseinhalb Jahre alt.

Drága Ica néni, schreibt meine Mom in ihrer vertrauten runden Handschrift, die zu sehen mir wehtut, *köszönöm kedves soraidat*, danke für deine lieben Zeilen. *Örülök hogy használ a gyógyszer amit küldtem.* Sie hat Nagyi ein Medikament geschickt, das auch geholfen hat. *Ica néni nagyon szenvedek, nem tudom mittevő legyek, egyre kibírhatatlaná válik a sógorommal való együttlét …* Ich halte es nicht mehr aus, schreibt Mom, das Zusammenleben mit Onkel Fred wird immer unerträglicher. Er behandelt uns mit der größten Herablassung, zu Noémi ist er grob, sie fängt an zu weinen, sobald sie ihn nur sieht. Und, Ica *néni*, es tut mir leid, dir das über deinen Sohn sagen zu müssen, aber mir gegenüber benimmt Alfréd sich nicht wie ein Schwager. Am

Anfang habe ich nichts gesagt, um dich nicht zu beunruhigen. Aber jetzt weiß ich, dass ich und das Kind hier auf keinen Fall bleiben können, *semmi áron nem maradhatunk itt.*

Ich vergrabe mein Gesicht im Kissen. Wieso musste das alles so kommen. Wieso mussten wir uns so abhängig machen von einem Ekel, der selbst da noch was für sich rausholte und sich einen Dreck drum scherte, was er damit anrichtete. Wieso musste Mom diesen Unfall haben. Wieso haben sie mich alle allein gelassen.

Sam sagt immer, aber du bist doch gar nicht alleine. Mein Selbstbild der einsamen Wölfin, die sich alleine durchschlägt und nur in der Szene heimisch fühlt, geht ihr auf die Nerven, sagt sie. Damit kompensiere ich bloß. Renne ständig irgendwas hinterher, anstatt mich mal hinzusetzen und zu überlegen, was eigentlich mein Problem ist. Sie hat gut reden. Um sie hat sich immer wer gekümmert. Und wo mein Problem ist, weiß ich nur zu gut.

Es sind klaffende, zuckende Spalten aus dunkelrotem Schmerz, die gehen bis in den Bauch der Erde hinab. Das bittere Wasser, das ich weine, rinnt brennend und salzig ins Bodenlose. Und die Leere da unten schluckt alles. Das Leben verblasst zu Papier mit zackigen Rändern, zu vergilbten Luftpostbriefen, zu einer roten Sandale, zum Duft nach *rántott csirke,* alles verschwindet da unten. Das ist der geheime Ort, wo angeblich ich sein soll. Ganz tief in jedem Menschen ist ein geheimer Schatz, hab ich als Kind gelesen, von unermesslichem Wert und absolut einzigartig, und ich wusste damals schon, bei mir nicht. Bei mir ist da nichts als Leere.

»Kleines«, sagt Mom und stellt mir meine Cornflakes hin, »du musst jetzt ganz groß und erwachsen sein, versprichst du mir das?«

»Klar, Mom.«

»Mommy muss in Zukunft mehr arbeiten, sie kann dich nachmittags nicht mehr von der Schule abholen. Aber Mrs. Grey von nebenan mag dich sehr gerne. Sie hat mir versprochen, dich ab heute jeden Tag von der Schule abzuholen, und dann kannst du bei ihr deine Hausaufgaben machen, bis Mommy nach Hause kommt. Spätestens gegen sieben bin ich da, und dann essen wir zusammen Abendbrot.«

Bis sie kam, war es meistens nach acht, und Mrs. Greys fetter kleiner Hund unterm Tisch aß mit Genuss die pappigen Sandwiches, die ich ihm heimlich fütterte.

Als ich aufwache, ist es schon dunkel. Es gibt nichts, womit Onkel Fred das alles je wieder gutmachen könnte. Ich weiß nicht, wie ich jemals wieder mit ihm reden soll. Ich weiß nicht weiter.

Da klingelt das Telefon.

Réka

Nach dem Treffen mit Tante Aranka wollte Naomi allein sein und in ihr Hotel zurück. Kein Wunder, sie war völlig fertig. Nach solchen Enthüllungen helfen Alkohol und Smalltalk nur bedingt. Ich wollte auch nach Hause, bin noch mit ihr zur Straßenbahn und wollte gerade weitergehen, da seh ich doch diesen Typ schon wieder. Den von heute früh im Bus. Er hatte andere Sachen an, aber er war es, Stirnglatze und alles, kam über die Straße und stand unbeteiligt an der Haltestelle rum. Das war mir dann doch ein bisschen viel Zufall. Straßenbahn kommt, ich ruf Naomi ein *szia!* zu, sie reagiert kaum, so am Ende ist sie, und steigt vorne ein.

Ich tu so, als gehe ich, und dabei seh ich aus dem Augenwinkel den Typ in den gleichen Wagen einsteigen, nur hinten. Das will ich jetzt genau wissen. Ich steige in den nächsten Wagen ein. Die Straßenbahn ist um die Zeit brechend voll, im Gedränge seh ich weder Naomi noch Typ, aber das macht nichts. Der Punkt ist, ob der Herr immer noch da ist, wenn Naomi aussteigt. Zwei Stationen vor bis zur Rákoczy út, wo Naomi in die rote Sieben umsteigt. Bleibt der Typ sitzen, geh ich nach Hause.

Er bleibt nicht.

Naomi steigt aus, der Typ auch. Ich hinterher. Naomi geht die Treppe runter in die Unterführung, Typ auch. Naomi bleibt beim Kiosk stehen, holt sich Zigaretten. Typ stellt sich etwas entfernt an die Säule und liest ein Plakat, als gäbe es nichts Spannenderes. Naomi geht weiter, Treppe hoch, zum Bus. Typ hinterher. Ich bin absichtlich etwas zurückgeblieben und erwische den Bus im letzten Moment.

Was soll das jetzt werden, denke ich, als der Bus über die Elisabethenbrücke nach Buda rast, gefährlich sieht er nicht aus, aber wer weiß.

Naomi steigt am Gellértplatz aus und geht auf ihr Hotel zu. Typ hinterher, aber jetzt lässt er sich Zeit. Naomi ist schon im Eingang verschwunden. Und dann geht er sich an der Rezeption ganz normal einen Schlüssel holen. Auf Englisch. Ein ganz normaler Hotelgast, der abends nach Hause kommt.

Nein, das stimmt nicht. Er hat Naomi wirklich verfolgt, das war kein Zufall. Und er wohnt im gleichen Hotel.

Naomi wollte allein sein, heute Abend geht sie sicher nicht mehr aus. Auf ihrem Zimmer kann ihr nicht viel passieren. Ich werde sie später anrufen. Dann sehen wir weiter.

Nachts.

Eben hat Réka angerufen. Sagt, mich beschattet wer. Schon den ganzen Tag. Ein Typ, der auch hier im Gellért wohnt. Vermutlich Amerikaner. Ich *fass es nicht!!!*

Garantiert einer von Onkel Freds Leuten, der mir auf die Finger schauen soll! Und dem er dafür das Doppelte zahlt!! So was ist ihm absolut zuzutrauen. Doch. Ohne weiteres.

OK, das war's. Onkel Fred, ich kündige. Du kannst deine Hajnal Szatmári alleine suchen. Morgen ziehe ich aus in was Billiges, oder vielleicht kann ich die paar Tage auch bei Réka übernachten. Rückflugticket hab ich, und wenn meine Bank mir nicht ausgerechnet jetzt die Kreditkarte sperrt, komm ich bis Mittwoch zurecht. Onkel Fred, du kannst mich mal. Kreuzweise.

Etwa zehn Minuten nachdem ich die Mail abgeschickt habe, klingelt das Telefon.

»Was soll das heißen«, fragt Onkel Fred. »Wir haben eine Abmachung.«

»Steht in der Abmachung auch, mir Spione nachzuschicken?«, schrei ich ihn an. »Der Typ hat mich heute den ganzen Tag beschattet, meinst du, das motiviert mich oder was??!«

Überraschtes Schweigen. Ausbrüche ist er von mir nicht gewohnt.

»Unsere Abmachung ist damit hinfällig, so arbeite ich nicht«, sage ich wütend, »du kannst deinen Mist alleine machen.« Und knalle den Hörer auf die Gabel.

Das Telefon klingelt. Und klingelt.

Soll es doch. Ich fange an, meine Sachen zu packen.

Das Telefon klingelt. Leck mich, Onkel Fred.

Ich ziehe das Telefon raus, hole mir was aus der Minibar, lass mich aufs Bett fallen und mache den Fernseher an.

Ungarisches Kabelfernsehen. Vor einer Skihütte in den italienischen Alpen, wo der Schnee hoch und weich liegt und in der Wintersonne wie Puderzucker glitzert, sitzen zwei blonde Hasen auf einem Skilehrer. Dahinter kommt in einer Wolke aus dampfendem Atem ein Pferdeschlitten den Berg hochgefahren, Jingle Bells und alles, und der stramme Wagenlenker mit Pudelmütze steht seinem Gaul anatomisch in nichts nach. Sofort kommen zwei neue blonde Hasen angesprungen, die nimmt er sich im Pulverschnee der Reihe nach vor und lässt dabei keine Öffnung aus. Skilehrer kann auch schon wieder, inzwischen ist er in der Küche gelandet, wo ein brauner Hase im Schürzchen am Herde steht, den legt er über den urigen Eichentisch mit rotweiß kariertem Tischtuch und los geht's, hollerei. Es klopft.

Laut.

An meine Zimmertür.

Onkel Fred hat mir doch tatsächlich sofort ein Fax geschickt.

... Steven Shearer, einer meiner Anwälte ... die Sache lediglich abkürzen ... baldmöglichst mit Hajnal Szatmári reden blah blah. Und dann schreibt er, er weiß, dass ich sie finden werde, drum hat er den Anwalt jetzt erst mal zurückgepfiffen. Ich soll ihn anrufen, wenn ich Hajnal gefunden habe, damit ist mein Job dann auch erledigt. Handynummer des Anwaltes, Kopie einer Überweisung auf mein Kreditkartenkonto, noch mal fünfhundert Kröten.

Montag, 5. Juli 2004

Naomi

Morgens.

Thermalbad. Ich hab einen Kater, und wozu bin ich im Kurhotel. Einen Vormittag lang nur abhängen. Frauenabteilung. Ich könnte auch raus ins Freibad gehen, aber da ist es mir zu hell, und da ist alles voll mit Amerikanern, die sind hier wirklich unerträglich. Und amerikanischen Anwälten. Das fehlte mir ja noch, dass dieser Shearer mich im Bikini begafft. Ich hab Onkel Fred noch nicht geantwortet. Bedenkzeit. Erst mal abschalten.

Hier wird nackt gebadet. Damit man trotzdem ein bisschen angezogen ist, bekommt man am Eingang ein Schürzchen aus weißem Leinen ausgehändigt, wie eine Küchenschürze, nur dass sie die Brust nicht verdeckt. Zumindest nicht bei den Jüngeren. Der Hintern bleibt auch frei. Diese Schürzchen sind komplett unpraktisch und haben dabei fast etwas Aufreizendes. Ich finde sie zum Totlachen, vielleicht kann ich meines nachher diskret mitgehen lassen.

Das Wasser ist warm und macht träge. Der vielstimmige Widerhall gedämpfter Konversation über dem Gluckern des Wassers hat was Hypnotisches.

Ich hab's im *Lonely Planet* gelesen, Thermalbäder sind hier Schwulentreffs, die Lesben gehen nicht hin. Schade eigentlich, bei uns zu Hause wären die Mädels nicht so zimperlich.

Etliche Rentnerinnen, die paar super gestählten, super gebräunten, rostfreien sind garantiert nicht von hier; ich glaube, sie sprechen Dänisch. Im kühlen Becken kichert und planscht eine Gruppe Asiatinnen. Ich glaube, Ungarinnen sind kaum welche da. Das Gellértbad ist teuer.

Immer wenn jemand aus dem Becken klettert, gibt es Wellen, und am Beckenrand entlang schwappen Köpfe in bunten Badekappen auf und ab wie Bojen. Lustig zu sehen ist auch, wie die im Wasser graziösen schwerelosen Körper beim Aufstehen und Sich-die-Treppe-Hochhieven die Schwerkraft packt und sie urplötzlich ein Tonnengewicht bekommen.

Da drüben guckt eine immer in meine Richtung.

Ich schau mich um, rechts-links, in meiner Ecke ist sonst gerade niemand. Die Dunkelblonde mit der Brille am rechten hinteren Beckenrand neben der Treppe guckt definitiv in meine Richtung.

Aus dem steinernen Löwenmaul, dessen Rachen von den Mineralien so gerötet ist als hätte er Mandelentzündung, fließt ein heißer schwefliger Wasserstrahl, der in den Ohren rauscht und gurgelt und einem hervorragend die Nackenmuskeln massiert, bis die Haut brennt. Da räkle ich mich eine Weile, dann schaue ich wie zufällig wieder hinüber.

Die ist näher gerutscht. Auf halber Höhe. Und schaut nach wie vor in meine Richtung. Blickkontakt. Andeutung eines Lächelns. Oh Mann. Da hat's wohl jemand eilig. Ich bin spontan überfordert und schaue weg.

Dann fällt mir ein, vielleicht will sie ja einfach auch unter den Strahl. Das darf sie gerne. Ich stoße mich vom Rand ab und gleite in meine linke Ecke zurück. Lege mich auf den Rücken, hake die Hände an der Abflussrinne unter dem Sims ein und bringe meinen Körper in die Waagrechte. Mal sehen, wie lange ich das durchhalte. Meine Ohren sind unter Wasser, es gluckst und gurgelt wie im Aquarium. Vor mir schwimmen meine Brüste wie zwei kleine Inseln, weiter hinten meine Zehen. Wie lange hatte ich keinen Sex mehr? Mal überlegen. Vor anderthalb Wochen war das letzte Mal, mit Zara. Ich hab's schwer bereut.

Über mir taucht ein Gesicht auf. Angelaufene Brillengläser, dunkelblond, goldene Ohrringe, etwa Mitte dreißig. Und sagt etwas.

Vor Schreck drehe ich mich in die Senkrechte, tauche dabei kurz unter, spucke Wasser. Dann stehe ich endlich und kann sie hören.

Sie sagt: »Entschuldigen Sie.« Auf Englisch, mit schwerem ungarischem Akzent.

»Ja?«

»Ich würde mich gerne mal mit Ihnen unterhalten. Ich weiß, es ist nicht gerade der passende Ort dafür, aber …«

Ich glaub, ich höre nicht recht. Bei meinem ersten Thermalbadbesuch von einer Ungarin angemacht werden. Das glauben die mir zu Hause nie.

»Wissen Sie, ich beobachte Sie schon eine ganze Weile.«

Das hat sie sich im Kino abgeguckt. »Ach ja?«

»Als ich Sie ins Thermalbad gehen sah, dachte ich, das ist eine gute Möglichkeit, ungestört ins Gespräch zu kommen, ohne die üblichen Zeugen.«

Die macht's vielleicht dramatisch. Ich mustere sie. Eigentlich mag ich Frauen, die die Initiative ergreifen. Sie hat einen hübschen Körper, wohlproportioniert, cremige Bikinistreifen und ein Minimum an Cellulite, fällt wirklich kaum auf. Nur die blondierten Strähnchen und die langen künstlichen Fingernägel machen mir Sorgen. Weiß lackiert.

Und sie rückt mir auf die Pelle.

»Vielleicht verlagern wir das Gespräch lieber nach drüben

ins Café?«, sage ich und rücke ab, und sie sieht mich an und sagt, man fasst es nicht:

»Wohnen Sie nicht auch im Gellért? Ich würde mich lieber auf Ihrem Zimmer mit Ihnen unterhalten. Da haben wir die nötige, wie sagt man, Privatsphäre.«

Die muss mich wirklich schon eine Weile auf dem Kieker haben.

»Kommen Sie?«, fragt sie lächelnd und bricht auf in Richtung Treppe. Ein Tempo hat die drauf, dass einem Hören und Sehen vergeht.

Und ich hatte mich eben noch gefragt, wie ich diese ganze Zeit ohne Sex aushalten würde.

Ich bin durchaus nicht prüde. Ich stoße gut gebaute Frauen, die sich mir auf dem Silbertablett präsentieren, nicht von der Bettkante, *ich* nicht. Das heißt, so einen Fall hatte ich eigentlich noch nie. Egal. Jedenfalls, als sie ihren durchaus knackigen Hintern vor meiner Nase aus dem Wasser und die Treppe hoch manövriert, sehe ich aus ihrer mittelbraunen Wolle einen Tamponfaden baumeln. Der wirft mich irgendwie raus aus der Situation. Eigentlich hab ich einen Kater und Sorgen und gar keine Energie für einen One-Night-Stand. Bloß weil sich eine Gelegenheit bietet, muss ich doch nicht sofort mitmachen, dumme Konditionierung immer. Ich hab doch Wichtigeres zu tun. Bin ins Bad gekommen, um alleine zu sein und nachzudenken.

Als ich bei diesem Gedanken angekommen bin, stehe ich schon unter der Dusche und merke, die Dame lässt mich die ganze Zeit keine Sekunde aus den Augen, mit dem zufriedenen Gesichtsausdruck einer Katze, die weiß, dass Frauchen etwas unglaublich Leckeres und Saftiges in ihrer Einkaufstüte für sie mitbringt. Ihre Umkleidekabine liegt meiner genau gegenüber, und bevor sie reingeht, lächelt sie mich vielsagend an.

Die ist mir zu viel. Abwimmeln, Naomi, abwimmeln. Aber wie? Jetzt ist wohl ein »Sorry, du, ich hab's mir anders überlegt« angebracht. Ich mach das so selten. Vielleicht warte ich damit, bis wir draußen sind, da kann ich schnell abhauen. Für alle Fälle schicke ich Réka aus meiner Kabine eine hektische SMS.

Als wir draußen in der Marmorhalle stehen, wo Badegäste in Bademänteln und Sandalen um die Kübelpalmen schlurfen, und sie lächelnd meinen Arm nimmt und sagt: »Na? Gehen wir?«, weiß ich, jetzt ist Sense, jetzt werd ich aggressiv.

Mein Handy klingelt. Réka.

»Was gibt's denn so Dringendes?«, fragt sie.

»Ach, *du* bist das!«, rufe ich. »*Wie,* du stehst schon draußen, wir sind doch erst in einer halben Stunde verabredet? Wie? Warte mal eben.« Ich drehe mich zu meiner Begleiterin um. »Geh ruhig schon mal vor, Zimmer 310 im dritten Stock, ich muss kurz raus, meiner Freundin was geben, ich komm sofort nach!« Und sprinte los in Richtung Ausgang. Puh. Geschafft.

»Spinnst du jetzt total?«, schreit mir Réka ins Ohr.

»Réka«, sag ich. »Hat dich schon mal 'ne Nymphomanin belästigt? Ich hab ihr eine falsche Zimmernummer gegeben, hoffentlich kapiert sie den Hinweis und sucht sich ein anderes Opfer.«

Im Gellértbad treibt sich eine Nymphomanin rum. Die es auf Naomi abgesehen hat. Da hab ich erst mal herzhaft gelacht und gesagt, deine Probleme möcht ich haben. Klingt unwahrscheinlich, vor allem wenn's eine Ungarin war. Was die dekadenten Touris machen, weiß ich nicht, für die ist Thermalbad ja so was wie Tausendundeine Nacht, konnte ich noch nie verstehen. Jedenfalls, eine Ungarin *macht* so was einfach nicht. Hundertprozentig.

Das hat sie aber nicht beruhigt. Ob wir uns nicht in der Stadt treffen können, sie mag jetzt nicht alleine ins Hotel zurück, wo dieses Sexmonster ihr auflauert.

Hab ihr gesagt, hab gerade zu tun, aber heute Nachmittag ist Tanzkurs, da kann sie gerne mitkommen.

Wir haben uns an der Metro am Astoria getroffen und sind zusammen ins *Eklektika*.

Da ist einmal im Monat Frauenabend und jeden Montagnachmittag im Hinterzimmer schwul-lesbischer Tanzkurs. Vor ein paar Wochen haben sie hinten renoviert, mit Spiegeln und Parkett, wird immer professioneller. Vom Standard kommerzieller Tanzschulen sind wir noch etwas entfernt, aber unsere Tanzlehrer sind Spitzenklasse. Die räumen bei internationalen Wettbewerben ständig Medaillen ab, und unsere Mädels haben in Sydney Gold geholt.

Im Moment sind wir sechs Paare. Naomi kann nicht tanzen, aber Tanzlehrer Jani setzt ihr so lange zu, bis sie aufsteht und mitmacht. Meine Partnerin hat überraschend abgesagt, also gehen wir mit Naomi genau auf.

Gerade als wir mit dem Aufwärmen fertig sind, schaut wer zur Tür rein, und Jani, der ebendort steht, öffnet sie ganz und ruft dem Typen zu, er soll sich nicht so anstellen und reinkommen, damit wir anfangen können. Ich seh ihn nur aus dem Augenwinkel im Spiegel, aber weiß sofort, den hab ich hier noch nie gesehen. Was nicht viel heißen will, es kommen immer wieder mal Neue, aber der hier ist anders. Groß, dunkel, bullig, eher Bodybuilder als Tänzer. Ich denk noch, lustig, dass solche Kerle so schüchtern sein können und sich nicht reintrauen. Der Typ schaut verblüfft.

Musik. Paare bilden sich zum Cha-Cha-Cha. Szilvi und Àgi legen sofort los, die trainieren für die Eurogames in München. Pisti und Zsolt sind auch nicht schlecht. Jani legt dem Typen die Hand auf die Schulter und fragt ihn was. Typ schaut ihn groß an, und dann ruft er was und schlägt Janis Hand weg. Aufschrei. Typ knallt Jani einen vor die Brust. Jani ist so ein Federgewicht, der Stoß treibt ihn bis fast an die Wand.

Eine Schrecksekunde lang stehen wir alle da und schauen, und dann steht Jani wieder gerade, hat einen roten Kopf wie ein kleiner Kampfhahn und schreit den Typen an: »Mach, dass du rauskommst, aber SOFORT!!«

Und wir bauen uns im Halbkreis um den Typen herum auf. Vierzehn Leute um ein homophobes Arschloch. Der schaut noch mal finster in die Runde und schickt sich an zu gehen, von wegen der kleinen Tunte hab ich's jetzt aber gegeben. Da denkt er noch, er kommt ungeschoren davon. Aber da denkt er falsch. Pisti und Zsolt sehen einander an, und dann stürzen sie dem Kerl hinterher. Lärm und Geschrei, sie werfen ihn die Außentreppe runter, damit er schneller den Ausgang findet.

Jani klatscht in die Hände. »OK, Leute, die Show ist vorbei, weitermachen!« Und nach anderthalb Stunden Training ist unsere Welt wieder in Ordnung.

Für Naomi war's 'ne klasse Abwechslung, sieht man ihr an. Für mich weniger, sie kann wirklich nicht tanzen. Wir gehen alle rüber in den Gastraum, noch einen trinken. Um diese Zeit ist es da noch recht leer, zu früh für den Abendbetrieb, so kriegen wir die guten Plätze auf den quietschroten Kunstledersesseln, an denen man mit kurzen Hosen immer kleben bleibt. Ich geh an die Bar und bestelle.

Als ich mich wieder umdrehe, steht hinter mir Naomi. Extrem gestresst, verdreht die Augen in Richtung Fenster. Da draußen steht eine Frau und schaut zu uns rein. So eine spießig adrette im Kostümchen, typische Schranklesbe mit Karrierejob, die schaut zu uns rein mit diesem gierigen Gesichtsausdruck, als wären wir der Inbegriff ihrer heimlichsten Wünsche. Ich denke, *huch!*

»Die Nymphomanin aus dem Gellért!!!«, zischt Naomi. »Was macht die, kommt die etwa rein?!«

Naomi steht wohlweislich mit dem Rücken zur Tür, ich sondiere über ihre Schulter. Und in der Tat, die da draußen rückt ihren Kragen zurecht, streicht sich kurz über die blonden Strähnchen und setzt sich in Bewegung. Ich nicke.

Naomi überlegt fieberhaft. Bis zum Showdown hat sie nur noch ein paar Sekunden. Die Stahltür öffnet sich, und spitzige beige Pumps stöckeln die Steintreppe empor auf uns zu. Klick-klick-klack, wild entschlossen. Kleines, diesmal entkommst du nicht.

»Sei mir nicht böse, Réka, mir fällt jetzt nichts Besseres ein«, fleht Naomi hektisch, und dann nimmt sie mich um die Taille und knutscht mich ab.

Im Laden ist es schlagartig still. Um diese Zeit ist wie gesagt Normalbetrieb, der Tisch voll kahl rasierter Typen am Fenster fängt auch schon an zu johlen. Aber das ist gar nichts, absolut GAR nichts angesichts der tiefen Missbilligung auf den Gesichtern der übrigen Mitglieder meines Tanzkurses. Au weia.

Und der noch tieferen Missbilligung auf dem Gesicht unserer Wirtin, die meine Freundin gut kennt. Oh Naomi. Du weißt nicht, was du mir gerade antust.

Alle zücken sie ihre Handys, und in zwei Minuten ist ein Gerücht in der Welt, das ich nie wieder loswerde.

Aber es wirkt. Die Nymphomanin steht da wie vom Donner gerührt, hochrote Flecken auf den professionell verputzten Wangen. Kennt ihr das, wenn man förmlich sieht, wie bei jemandem der Groschen fällt? Genau so sieht sie aus. Überraschung weicht Bestürzung, und dann wirbelt sie auf ihren beigen Absätzen herum und macht, dass sie Land gewinnt. Die Stahltür schlägt hinter ihr zu, und zurück bleibt eine extrem erleichterte Naomi, und mein ruinierter Ruf.

»Sorry«, sagt Naomi. »War's sehr schlimm?«

Eins muss man ihr lassen. Küssen kann sie.

Die gerunzelten Brauen, die sich uns jetzt nähern, sind die von Andi, der Besitzerin. Ich winde mich. Andi stützt die Hände auf den Tisch und schaut uns an. Und was sie dann sagt, kommt unerwartet. »Hört mal zu, Mädels«, sagt Andi. »Ihr habt es nicht gemerkt, aber der Kerl, der Jani vorhin Ärger gemacht hat, kam gleich hinter euch rein, als ihr angekommen seid. Er hat sich in die Ecke gesetzt und was getrunken. Dann seid ihr nach hinten gegangen, und nach einer Weile kam er und hat mich gefragt, ob denn da hinten noch was sei. Und ging rüber zum Tanzsaal. Ich will euch ja nicht beunruhigen«, sagt Andi, »aber ich war vorhin draußen und hab was aus dem Auto geholt, und der lungert immer noch da rum.«

Chat

»Sie halten sich nicht an die Regeln.«
»Ich kaufe nicht gerne die Katze im Sack.«
»Die wird Ihnen ein anderer vor der Nase wegschnappen, wenn Sie so weitermachen. Sie werden weder die Ware noch die Malerin finden. Darum habe ich mich gekümmert. Hören Sie also auf herumzuspionieren.«
»Ich will Beweise sehen, dass Sie haben, was Sie mir versprechen.«
»Halten Sie sich an die Regeln, sonst können Sie die Sache vergessen. Wie ich schon sagte, es sind auch andere Interessenten im Spiel.«

Naomi

Das sieht Onkel Fred so was von ähnlich, dachte ich. Von wegen zurückgepfiffen! Das dürfte Steve Shearer sein. Aber dem werd ich was erzählen! Ich bin aufgestanden, Treppe runter, Stahltür auf, raus auf die Straße, so was von stinksauer, und richtig, der Typ schiebt sich eben um die nächste Ecke, ich hinterher. Er ist gut zu Fuß und verschwindet in Richtung Váci utca.

»He! Shearer!«, schreie ich ihm nach. »Verpissen Sie sich!«

Und da zupft mich wer am Ärmel und ich dreh mich um, da steht Réka und schaut seltsam und meint: »Naomi, das war nicht der von gestern. Das war ein anderer.«

Irgendwie sind gerade verdammt viele komische Gestalten hinter Naomi her. Ein Anwalt, eine Nymphomanin und ein Schlägertyp. Gefällt mir überhaupt nicht.

Ich sag ihr, jetzt probieren wir was aus. Wir verabschieden uns vor dem *Eklektika* laut und demonstrativ und ziehen dann in unterschiedliche Richtungen los, und dann schlag ich einen Haken und geh dir hinterher. Wir brauchen überschaubares Gelände, wo Verfolger gut zu sehen sind, drum fahren wir mit dem Bus zur Straßenbahn 4/6 und dann nach Buda zum Millenárispark beim Moskauer Platz, bisschen bummeln.

Im Bus hab ich nichts bemerkt, beim Umsteigen auch nicht. In der Straßenbahn waren wir im gleichen Wagen, sie vorne, ich hinten. Die Fahrt zum Millenáris dauert etwa zwanzig Minuten, und beim Westbahnhof steigen immer viele aus. Da ist wichtig zu sehen, wer sitzen bleibt.

Ich schau den Wagen rauf und runter, Stirnglatze nicht zu sehen. Lauter alltägliche Gesichter, viele Touris, Deutsche, Franzosen, Israelis. Ich weiß eigentlich nicht, nach was ich Ausschau halten soll. Die tätowierten Romajungs sind es mit Sicherheit nicht, und der finster dreinblickende Typ, den ich seit dem Oktogon im Visier hab, steigt an der Margarethenbrücke aus.

Schließlich sind wir angekommen und steigen aus, Naomi immer fünfzig Meter vor mir, zum Glück hat sie was Helles an, es ist jetzt nach acht und dämmert schon. Der Millenáris ist auf einem ehemaligen Industriegelände, Vorzeigeprojekt der letzten rechten Regierung. Die alten Ziegelgebäude haben sie schön renoviert und schicke Neubauten daneben gesetzt, Galerie, Theater, Amphitheater mit Open-Air-Bühne, da gibt es oft Konzerte und was weiß ich noch alles, und all das in einem schönen großflächigen Park, der momentan nur aus Rasen und Spazierwegen besteht, die Bäume sind noch recht winzig. Zu dieser Zeit konzentrieren sich die Leute um die Bar auf dem Platz in der Mitte, im hinteren Bereich ist so gut wie niemand. Dahin ist eben Naomis weißes T-Shirt unterwegs.

Ich setze mich auf den Rasenbuckel beim Amphitheater, so hab ich Naomi gut im Blick und falle selber nicht auf. Da sitze ich eine Weile und schau herum, Leute kommen und gehen, die üblichen Cliquen von Jugendlichen, vereinzelte Liebespaare, paar späte Familien mit Kinderwagen, und da ist tatsächlich einer.

Er ist zu weit weg, und es ist nicht mehr hell genug, um Einzelheiten zu sehen, aber da geht ein Typ dem weißen T-Shirt mit gebührendem Abstand hinterher. Der Figur nach nicht der Schläger aus dem *Eklektika,* ob es Stirnglatze ist, kann ich nicht sehen. Ich ruf Naomi sofort an.

»Er ist rechts von dir, etwa zwanzig Meter neben dem Wegweiser«, sag ich. »Geh mal weiter nach hinten und setz dich auf die letzte Bank vor dem Hinterausgang unter die Laterne. Wenn er nachkommt, siehst du ihn besser als ich.«

Naomi macht genau das, und der Typ, der wohl denkt, sie will hinten zum Ausgang raus, sofort hinterher. Naomi macht vor dem Ausgang eine Kehrtwendung und setzt sich dann nicht auf die letzte Bank, sondern geht dem Typen entgegen, verdammt, was macht sie denn für Blödsinn?! Typ bleibt stehen, weiß sich nicht zu helfen und geht dann geistesgegenwärtig quer über den Rasen zum Gebüsch vor der Begrenzungsmauer und pinkelt. Schlau, da kommt sie ihm nicht nach. Und dann packt er ein und verdrückt sich in die andere Richtung. Naomi kann das vom Weg aus zunächst nicht sehen, und bis sie es rafft, dass der sich davonmacht, hat er schon einen guten Vorsprung. Jetzt zückt Naomi wütend ihr Handy und telefoniert.

Der Typ ist gut, ich hab ihn erst hier bemerkt, ohne diese Aktion wäre uns nichts aufgefallen.

Mein Handy klingelt. »Réka«, sagt Naomi und ihre Stimme klingt ganz klein, »ich hab diesen Shearer auf seinem Handy angerufen und ihm gesagt, er soll sich endlich verpissen, und er tat ganz überrascht und sagte, das hätte er doch schon längst? Das war in dem Moment, wo ich den Typ wieder im Blick hatte. Er hat nicht telefoniert, also ist er nicht Shearer. Und als ich ihm vorhin entgegengegangen bin, hab ich was unter seiner Jacke gesehen. Réka, ich glaube, der ist bewaffnet.«

Naomi

»Was rennst du dem noch extra in die Arme, spinnst du oder was?!«, schreit Réka fuchsteufelswild. »Unter keinen Umständen gehst du mir jetzt ins Hotel zurück, da wartet garantiert wer auf dich.«

»Sollen wir nicht die Polizei rufen?«, frage ich.

Réka schnaubt verächtlich. »Und was sagen wir denen bitte? Hi! Ich bin amerikanische Touristin! Ich werde verfolgt! Passiert ist mir bisher nichts, Beweise hab ich keine, aber ich hab solche Angst, bitte schicken Sie mir schnell einen Bodyguard, am besten rund um die Uhr!« Da hat sie wohl leider Recht.

»Ja, aber was soll ich denn jetzt machen?«

»Abhängen müssen wir die«, sagt Réka entschlossen, »komm mit«, und dann gehen wir über die Wiese und in ein Gebäude hinein, da ist ein Frauenklo. »Zuerst tauschen wir unsere Klamotten«, sagt Réka, »du rennst hier rum wie eine lebende Zielscheibe«, und zieht sich schon ihr schwarzes Oberteil über den Kopf, zum Glück sind wir ähnlich groß. Sie kriegt meine Jeans nicht zu, aber sie bindet sich ihre Jacke um, so sieht man nichts. »Und jetzt fahren wir nach Visegrád, wo wir morgen sowieso hinwollten«, sagt Réka. »Ich geb dich bei meiner Tante Rita ab und fahr in die Stadt zurück, morgen hab ich zu tun, und abends komm ich wieder raus, dann gehen wir zusammen Hajnal suchen.«

Réka ruft kurz ihre Tante an und erwähnt etwas von Abendessen, was hervorragend ist, weil mir schon wie verrückt der Magen knurrt, und dann verdrücken wir uns durch einen anderen Ausgang, stoßen über Schleichwege wieder auf die Straßenbahn 4/6 und steigen am Budaer Ende der Margarethenbrücke um in die HÉV, die grüne Vorortbahn. Zirka vierzig Minuten bis zur Endstation Szentendre und dann weiter mit einem Überlandbus noch mal etwa so lang. Die Vororte und Einkaufszentren weichen freiem Feld, links von uns die Budaer Hügel, durch Dörfer hindurch, immer mehr Waldstücke, irgendwann ist rechts von uns wieder die Donau, und dann döse ich weg, bis Réka mich anstößt, aufwachen, wir sind da.

Montagabend.

Visegrád ist ein kleines Nest am Donauknie, auf einem schmalen ebenen Streifen zwischen Fluss und Hügeln gelegen. Einstöckige, lang gezogene Häuser mit abblätternden Stuckfronten säumen die stille Hauptstraße zur reformierten Kirche hin, und über uns auf dem Berg thront orange angestrahlt eine majestätische Burgruine. Es ist ruhig hier, und die Luft tut so gut, eine leichte Brise weht vom Wasser her, ab und zu kann man auch den Wald riechen.

Wir gehen durch den Ort, vorbei an ein paar Touristenfallen mit Kesselgulasch und Zigeunermusik, vorbei am kleinen Supermarkt, Gemischtwarenladen und Metzgerei, zu dieser Zeit geschlossen, vorbei an der Pizzeria mit Live-Musik, wo viele Autos stehen und um diese Zeit viel los ist, und am kleinen Kino, sein fotokopierter Programmzettel ist mit Klebeband an der Glastür befestigt, eine Vorstellung pro Woche, heute ist zu.

Es ist eine ganz andere Welt als in der Stadt. Klein, ruhig, beschaulich und trotzdem alles da, was man braucht.

Ich brauche nur eins, und zwar Abendessen.

»Macht's deiner Tante nichts, dass ich einfach so bei ihr reinplatze?«, frage ich, und Réka winkt ab.

»Sie freut sich immer über Besuch, sie mag junge Leute. Sie wird dich ausquetschen über Amerika und den Irakkrieg, da darfst du nicht erschrecken, sie mag die USA nicht, aber keine Angst, du gefällst ihr bestimmt. Ach ja, und sie hat's mit Esoterik, das ist mir manchmal bisschen zu viel, aber einen Tag lässt sich's aushalten. Da sind wir auch schon.«

Tante Rita wohnt in einem ehemaligen Bauernhaus, lang gestreckt, Schmalseite zur Straße, mit dem typischen überdachten Gang auf der Längsseite und einem schmalen Vorgarten. Das Gartentor quietscht, und ein rotweiß gescheckter Kater kommt und streicht uns um die Beine.

Tante Rita steht in der Tür, eine Frau etwa Mitte sechzig, mit dunkel getöntem Haar und einem freundlichen, lebendigen Gesicht, sie muss mal umwerfend gut ausgesehen haben. Sie lächelt uns an, und ich mag sie sofort.

Réka wird umarmt und ich mit dem üblichen Küsschen rechts-links begrüßt, und dann führt sie uns in die Küche, wo auf dem gedeckten Tisch ein Abendessen auf uns wartet – »ach, nur was Schnelles« –, Frikadellen und Kürbisgemüse und frisches Weißbrot.

Das hat Nagyi damals auch oft gemacht.

Geriebener grüner Kürbis mit frischem Dill in heller Mehlschwitze, die Frikadellen außen dunkel und innen hell und weich, mit Paprikapulver und Knoblauch gewürzt. Ich denke noch, esoterisch oder nicht, wer so kocht, ist zumindest nicht dogmatisch.

Nach dem Essen bin ich angenehm schläfrig, und Réka verabschiedet sich, sie kriegt gerade noch den letzten Bus zurück in die Stadt, und Tante Rita führt mich in die gute Stube, wo ich auf der Couch nächtigen werde.

Bei Tante Rita kommst du ins Wohnzimmer und kriegst erst mal keine Luft. Räucherstäbchen, die hasse ich ja so. Hoffentlich kann ich heute Nacht das Fenster aufmachen, sonst muss ich mich draußen auf den Gang legen.

Ich hole Luft, trete ins Zimmer und blinzle.

Das geräumige Wohnzimmer der Tante ist voll von Bildern. Gerahmte Ölgemälde an jedem Quadratzentimeter Wandfläche, auch hinter Möbelstücken stehen welche auf dem Boden. Die Bilder haben eine unglaubliche Präsenz. Thematisch haben sie ein Grundmotiv, zeigen ein Universum voll stilisierter Frauengestalten, meist im Profil. Die Art von Frauengestalten, mit denen ich nicht viel gemeinsam habe, Feen und Prinzessinnen, grazil, mit wallendem Haar und wallenden Gewändern, oder nackt als Silhouetten. Sie haben was Märchenhaftes, Entrücktes, aber nicht kindlich, sondern ausgesprochen sinnlich. Eine ideale Welt voller Schönheit und Phantasie, so gehaltvoll, dass man eine Weile schauen muss, bis man jedes Detail in sich aufgenommen hat. Und nach ein paar Minuten entfalten die Bilder Sogwirkung. Sie ziehen einen hinein in tiefe dunkle Höhlen, unter Berge und Baumwurzeln, in denen alte Kräfte wohnen. Wo es am dunkelsten ist, tun sich unvermutet helle

Ausblicke auf andere Welten auf, weite Landschaften mit Gebirge und Meeren und Wüsten, darüber feurige Himmelskörper. In einem einzigen Bild haben viele Welten Platz.

»Schön, nicht?«, fragt Tante Rita lächelnd, und ich nicke benommen. Ich dachte immer, mit Esoterik kann ich nichts anfangen, aber diese Bilder hier sind einfach herzzerreißend schön.

Bei Tante Ritas nächstem Satz bin ich urplötzlich wieder hellwach. »Die sind alle von Hajnal Szatmári. Ich sammle sie schon seit Jahren.«

Das ist von Hajnal Szatmári ?

Und durch meinen Kopf wirbeln die Fragezeichen. Eine Ausstellung der Werke von Hajnal Szatmári in New York?

Mein lieber Onkel macht jetzt in weiblicher Esoterik?

Und ich weiß, das kann nicht sein. Irgendwas ist da doch oberfaul.

»Das sind Meditationsbilder«, sagt Tante Rita. »Hajni ist die Einzige in Ungarn, die so etwas macht. Sie fertigt die Bilder individuell für die jeweilige Klientin an, ihre Arbeitsweise ist absolut einzigartig. Zuerst macht sie ein Vorgespräch, darin stimmt sie sich auf die Klientin ein, versetzt sich mit ihrer Schamanentrommel in Trance, und dann sieht sie Dinge. Oder sie tanzt sich in Trance und bekommt so die jeweilige Botschaft oder sie benutzt ihre Tarotkarten. Es gab ein paar Fälle, wo sie etwas für eine Klientin gemalt hat, das sie von ihr gar nicht wissen konnte. Hajnal ist sehr sensibel. Sie sagt, sie ist kein Medium, aber viele halten sie dafür. Meist bestellen Frauen bei ihr, aber es gab auch schon Ausnahmen. Das läuft ausschließlich über Mundpropaganda.«

Mir ist schlecht, das kommt von den Räucherstäbchen. »Eins wüsste ich gern«, sage ich. »Sie macht keine Werbung, in den letzten paar Jahren hatte sie eine einzige Ausstellung – wie hat mein Onkel sie gefunden?«

»Wer ist denn Ihr Onkel?«, fragt Tante Rita.

»Na, ihr amerikanischer Agent. Fred Victor in New York. Für den sie theoretisch eine Ausstellung in drei Wochen vorbereitet.«

Die Tante schaut nachdenklich drein. »Hören Sie«, sagt sie mir, »ich kenne Hajni sehr gut. Sie ist seit einer Woche wie vom Erdboden verschluckt, somit weiß ich nichts über ihre neusten Aktivitäten, aber ...«

Und dann spricht sie aus, was ich schon die ganze Zeit denke, nämlich:

»... ich bin mir ganz sicher, dass sie mir gegenüber nie einen amerikanischen Agenten oder eine Ausstellung in New York erwähnt hat.«

Dienstag, 6. Juli 2004

Naomi

Morgens.

Ich sitze bei Tante Rita am Küchentisch vor einer Rieseschale Milchkaffee und zermartere mir das Hirn. Von Tante Rita bin ich hin und weg. Ältere Frauen mag ich generell. Mom wäre jetzt noch nicht so alt, ich schätze, es ist mein Tantenmangel, der sich da meldet. Zu Hause kenne ich gar niemanden über sechzig. Im Heim nur Kids und jüngere Betreuerinnen, später auf der Uni waren wir auch immer unter uns. Und Sams Mom ist nicht mein Fall, und ich ihrer auch nicht. Réka weiß gar nicht, wie gut sie's hat.

Jedenfalls, Tante Rita ist wirklich supernett, wir duzen uns inzwischen ohne große Umstände und unterhalten uns schon eine ganze Weile, über meine Familie, was ich hier in Ungarn mache, dass ich verfolgt werde und nicht weiß warum.

»Keine Sorge«, meinte Tante Rita dazu, »hier sind wir auf dem Dorf. Wenn hier ein Fremder auftaucht, bleibt der nicht lange unbemerkt.«

Jetzt frage ich sie, was mir die ganze Nacht im Kopf herumging, nämlich: »Du hast gestern gesagt, es gäbe keine Ausstellung in New York«, und Tante Rita nickt. »Mein Onkel hat mich von New York nach Ungarn geschickt, um Hajnal zu suchen, und einen Anwalt hinterher, das kostet ihn doch ein Vermögen. Und jetzt stellt sich raus, dass das alles ein Vorwand war«, sage ich und fahre das Karomuster der Wachstuchdecke mit dem Finger nach. »Was soll also das Ganze?«

»Warum fragst du ihn nicht einfach?«

»Weil ich ihm nicht über den Weg traue, darum. Aus irgendeinem Grund, der mich offenbar nichts angeht, will er was von Hajnal. Ich glaube, um sie zu finden, kam er in erster Linie nur deshalb auf mich, weil ich Lesbe bin und er dachte, ich kann besser Kontakt zu ihr aufnehmen als sein Anwalt.«

Tante Rita überlegt. »Den könntest du doch fragen, was er von ihr will«, meint sie schließlich. »Das fände ich das Naheliegende. Er ist doch hier und wartet auf deinen Anruf. Sag ihm, dass du Hajnal auf der Spur bist, und bestell ihn her. Ich mache euch Kaffee und ein paar Schnittchen, damit die Atmosphäre stimmt, und dann redest du mit ihm.«

Gute Idee.

Steven Shearer klingt am Telefon sehr umgänglich und ist hocherfreut, als ich ihm sage, dass Hajnal sich in unmittelbarer Reichweite befindet. Ja, natürlich kommt er nach Visegrád, wo das genau sei, ja, er hat eine Straßenkarte und einen Leihwagen, das ist alles überhaupt kein Problem. Er fährt gleich los und ist in einer guten Stunde da. Na prima.

Ich gehe wieder in die Küche zu Tante Rita und helfe Schnittchen machen, das lenkt mich von meinen Sorgen ab. Weißbrot, mit Paprika angemachter Frischkäse, Gurkenscheiben, Tomaten, Paprikastreifen. Das Gemüse schmeckt mir hier viel besser als zu Hause. Es ist mehr Sonne drin.

»Hast du schon mal drüber nachgedacht, dass du vielleicht aus einem ganz anderen Grund hier bist, als du gerade denkst?«, fragt Tante Rita und schneidet Tomaten auf. »Du dachtest, du bist hier, um einen Auftrag zu erledigen, aber viel wichtiger ist doch eigentlich das Treffen mit der alten Nachbarin gewesen, oder nicht? Solche Zufälle sind meistens keine.«

Ich nicke. Das habe ich mir auch schon gedacht. Es hat wehgetan, all diese Sachen zu hören. Was da alles an Trauer hochkam, auch Erinnerungen. Aber es hat mir meine Familie ein wenig greifbarer gemacht. Es ist, als ob ich im Dunklen durch ein leeres Zimmer gehe, ohne etwas zu sehen, und plötzlich gegen das Klavier stoße, so heftig, dass ich blaue Flecken kriege. Aber jetzt weiß ich immerhin, wo das Klavier steht, und von dort ist es nicht mehr weit zum Lichtschalter. Hoffentlich.

»Was für ein schöner, stimmiger Vergleich«, sagt Tante Rita anerkennend. »Du bist eine Suchende, das war mir sofort klar, als ich dich sah.«

Ich schnaube. Eine Suchende. Klar, Tante Rita steht auf Esoterik. »Suchen wir nicht alle irgendwas?«, meine ich.

»Das tun wir alle«, nickt Tante Rita und schneidet längliche gelbe Paprikaschoten in kleeblattförmige Ringe auf, »aber nur wenige tragen ihre Suche so in sich, dass sie über ihre eigenen Grenzen gehen. Weg und Ziel sind eins, das Ziel ruft und führt die Suchende. Ach entschuldige«, sagt sie und lacht verlegen auf, »das muss für dich klingen wie das dumme Geplapper einer versponnenen alten Frau.«

Hätte es unter den normalen Umständen wohl. Aber ich schüttle den Kopf.

»Wenn es um eine Suche geht, eine Lebens-Suche, dann denke ich immer an die Gralslegende«, sagt Tante Rita. »Nicht an christliche Mystik, das hat mit mir nicht viel zu tun, sondern als Bild, der Gral als Archetyp dessen, was uns fehlt, was wir uns wünschen, Vollkommenheit und Harmonie, als unsere Bestimmung. Der Weg, den wir gehen müssen, um zu wachsen. Der Archetyp des Suchenden, Stichwort Parzival – ein männlicher Archetyp, der gilt aber für Frauen genauso –, hat meist extrem schlechte Startbedingungen. Er ist alleine im Wald aufgewachsen, wohin die Mutter ihn brachte, um ihn vor Schlimmerem zu bewahren. Klingt das nicht vertraut?«

Das klingt absolut vertraut.

»Doch sein Schicksal findet ihn, und er verlässt sein Zuhause. Draußen in der Welt kommt er zunächst überhaupt nicht zurecht und treibt ziellos umher.«

Damit hätte sie meine gesamte Biographie in ein paar Sätzen zusammengefasst. Das sage ich ihr auch.

Tante Rita nickt. »Siehst du? An den alten Geschichten ist immer noch was dran.«

»Und was passiert dann?«

»Dann muss der oder die Suchende sich beweisen. Kämpfen und lieben lernen, und die richtigen Fragen stellen«, sagt Tante Rita und lächelt mir zu. »Nimmst du mir mal die Teller ab? Danke.«

Wir decken zusammen den Kaffeetisch im Wohnzimmer. Ich grüble noch über die Analogie nach. »Tante Rita, was sind denn die richtigen Fragen?«

»Kennst du die Geschichte nicht?«, fragt sie zurück, wischt das Brotmesser ab und sieht mich erwartungsvoll an.

Ich zucke die Achseln. Irgendwas war da mit einem todkranken König, und der Suchende ist zu höflich, ihn zu fragen, was er denn hat, oder zu desinteressiert, keine Ahnung. Ihre mythologische Lebenshilfe entgleitet mir gerade ein wenig.

»Und wenn er den Gral dann endlich gefunden hat, was passiert dann?«, frage ich.

»Dann? Dann hat er sich selbst gefunden. Und damit

eröffnet sich ein ganz neues Feld von Problemen«, meint Tante Rita. »Wir alle wollen schließlich den Gral finden. Er verkörpert das, was wir alle suchen. Aber was ist das? Es gibt zwei Archetypen des Gralssuchers, den des Suchenden und den des Barbaren. Für den Suchenden bedeutet der Gral innerer Weg und Mysterium, für den Barbaren dagegen äußere, weltliche Dinge. Der eine sucht sich selbst, der andere den Mammon. Im Lauf der Menschheitsgeschichte sind ganze Heerscharen aufgebrochen, um den Gral zu suchen, aber finden konnte ihn nur, wer am richtigen Ort die richtigen Fragen stellte, nie mit Gewalt. Und *das«*, sagt Tante Rita und schneidet dicke Weißbrotstücke ab, »ist heutzutage leider bei den allermeisten Menschen extrem unpopulär. Schau sie dir doch an, deinen George Bush und wie sie alle heißen. Lauter selbst ernannte Gralsritter im Dienste des Mammons. Das sind die Barbaren von heute. Wie siehst du das? Weißt du, wonach du auf der Suche bist?«

Mit dem wird sie mich ja wohl nicht in einen Topf werfen wollen, denke ich amüsiert, und etwas schwarz-weiß sieht sie die Dinge ja schon. Suche ich mich selbst oder den Mammon – ohne Letzteres ist Ersteres etwas schwierig. Bei meiner derzeitigen Auftragslage würde ich sagen, ich bin für den goldenen Mittelweg, ich will beides. Zuerst das eine, dann das andere.

Meine Antwort gefällt Tante Rita nicht.

»Ich gebe dir einen Rat. Überdenke deine Prioritäten«, meint sie ernst. »Den goldenen Mittelweg gibt es hier nicht. Wer sich selbst nicht kennt, trägt eine innere Leere mit sich herum und verbringt sein Leben mit der Suche nach Ersatz. Läuft allem nach, was glänzt. Wenn der Suchende zum Finder geworden ist, folgt ihm stets die Wut derer, die leer ausgingen. Denn auch der Barbar hält seine Motive für berechtigt. Wer erklärt ihm den Unterschied? Wer beurteilt unsere Absichten besser als wir selbst? Die Frage ist vielmehr, was wir sein *wollen,* was man wählt. Letztendlich ist das jedem Einzelnen von uns überlassen.«

Irgendwas hat sich zwischen uns verändert. Ich habe das Gefühl, als hätte ich irgendwas Wichtiges nicht verstanden, als wäre ich von ihr einem Test unterzogen worden und durchgefallen. Aber sie macht es einem nicht gerade leicht. Und was erwartet sie eigentlich, frage ich mich, nicht alle sind so drauf wie sie. Ich jedenfalls nicht.

»Tante Rita, was machst du eigentlich beruflich?«, frage ich, um das Thema zu wechseln.

Sie gibt bereitwillig Auskunft. Bis vor zehn Jahren war sie Pharmazeutisch-technische Assistentin und hat seit ihrer Pensionierung mit großem Erfolg umgesattelt. Jetzt ist sie »Lebensführungsberaterin«. Leitet Meditationsgruppen, berät in Kräuter- und Kristallkunde und Ernährungsfragen, erstellt Horoskope und legt Tarotkarten.

»Und davon kannst du hier leben?«, frage ich erstaunt.

Tante Rita nickt. »Seit der Wende gibt es in Ungarn ein wachsendes Interesse an Spiritualität, das die christlichen Kirchen nicht mehr auffangen können«, sagt sie. »Zudem sind christliche Werte oft mit politisch konservativen Einstellungen gekoppelt, das heißt, vor allem linke Akademiker und Frauen generell interessieren sich immer mehr für Alternativen. Die Gesellschaft ist leider in vieler Hinsicht noch sehr rückständig, die wirtschaftliche Lage labil. Unsere neue Staatsreligion, der Kapitalismus, ist nicht das Allheilmittel, für das viele ihn vor zehn Jahren noch gehalten haben, und die Zukunft für viele sehr ungewiss. Da brauchen die Menschen einfach innere Orientierung, die ihnen keine Angst macht. Gehen wir hinüber? Unser Gast muss jetzt doch jeden Moment kommen.«

Und tatsächlich, draußen quietscht das Gartentor, Schritte kommen über den Weg, es klopft an die Haustür. Großer, eckiger Mann, dem man hier den Amerikaner meilenweit ansieht. Sandfarbenes Haar, Brille, beiges Poloshirt, sportlich, effizient, erfolgsgewohnt. Genau der Typ, auf den Onkel Fred sich in heiklen Angelegenheiten verlässt.

»Mr. Shearer«, sage ich und nehme die mir hingehaltene Hand nicht. Er reagiert sofort.

»Ms. Vígh. Es tut mir leid, dass ich Ihnen Unannehmlichkeiten bereiten musste, aber so lautete mein Auftrag«, sagt er nicht unfreundlich. »Sie sind wirklich eine unglaublich wachsame junge Frau. Respekt.«

»Onkel Fred sollte eigentlich wissen, dass ich es nicht mag, wenn man mir auf die Finger schaut«, meine ich etwas von oben herab. Er muss ja nicht wissen, dass es Réka war, die ihn bemerkt hat. »Aber lassen wir das, Sie haben einfach Ihren Job gemacht.«

»Und Sie haben Ihren gemacht und Hajnal Szatmári gefunden, das ist großartig«, meint er. »Wann kann ich mit ihr reden?«

»Kommen Sie doch erst mal rein«, sage ich. »Eine Kleinigkeit zu essen, Kaffee? Das hier ist unsere Gastgeberin, Frau Molnár.«

Tante Rita gibt ihm lächelnd die Hand, er grüßt sie ebenso, und dann geht sie wieder in die Küche, und Shearer und ich setzen uns ins Zimmer, wo auf dem Kaffeetischchen Tante Ritas friedensstiftende Sandwiches aufgebaut sind.

Sein Aftershave breitet sich im ganzen Raum aus. Ich beobachte Shearer, wie seine Augen verwundert über Hajnals Bilder wandern, einmal rundum durchs Zimmer, dann zoomt er auf die linke Zimmerecke ein.

»Bevor wir über Hajnal reden, würde ich Sie gerne etwas fragen«, meine ich. »Onkel Fred sagte mir, er sei Hajnal Szatmáris Agent, und ich soll sie finden, weil er Vertragsbruch wittert. Aber das stimmt nicht. Er ist nicht ihr Agent, es gibt keinen Vertrag und keine Ausstellung. Was will er dann von ihr? Was wollen Sie von ihr? Seit ich in Budapest bin, werde ich beschattet, und zwar nicht nur von Ihnen. Offenbar geht es um etwas, das auch andere interessiert.«

Shearer trinkt einen Schluck Kaffee und verzieht das Gesicht, Tante Rita macht ihn stark.

»Sie werden verfolgt?«, fragt er, und ich erzähle ihm von Eklektika und Millenáris, wobei ich die Nymphomanin wohlweislich auslasse. Er überlegt. »Ich verstehe Ihre Beunruhigung«, sagt er schließlich. »Ich kann mir nicht vorstellen, wer das sein könnte und was sie damit bezwecken. Aber ich kann Ihnen versichern, dass es nichts mit dem Auftrag für Ihren Onkel zu tun hat. Was den betrifft –« Shearer füllt sein Kaffeetässchen mit etwa einem Viertelliter Milch auf und nimmt noch einen Schluck, »ist meine Position die folgende, und das müssen Sie bitte verstehen: Was auch immer Ihr Onkel Ihnen als Grund angegeben hat, warum er Hajnal Szatmári sprechen muss, er wird dafür seine Gründe gehabt haben, und ich bin meinen Klienten gegenüber zur Diskretion verpflichtet.«

Sag ich doch. Genau der Typ, dem Onkel Fred sein Vertrauen schenkt. Welchen Tagessatz bekommt wohl ein Anwalt, der einer dummen kleinen Nichte im Ausland auf die Finger schaut?

»Und *ich*, ich bin meinem Onkel gegenüber zu *gar* nichts verpflichtet«, sage ich. »Wenn ich mir zum Beispiel verarscht vorkomme und beschließe, dass mir diese ganze Sache jetzt zu dumm wird, vergesse ich Hajnal Szatmári einfach und fahre die restlichen paar Tage an den Balaton, das werden Sie sicher auch verstehen.«

Was weiß ich? Vielleicht war Hajnal vor ein paar Monaten in New York, ist jetzt schwanger von Onkel Fred und will tierisch Alimente erpressen. Zuzutrauen wär ihm so was, dem alten Bock. Der Punkt ist, ich hab die Nase so was von voll. Onkel Fred, denke ich schon zum x-ten Mal, mir reicht's, ich kündige.

Tante Rita kommt mit mehr Kaffee herein.

Shearer schaut gedankenvoll in die linke Zimmerecke, sie folgt seinem Blick.

»Ein außergewöhnliches Bild, nicht war?« Tante Ritas Englisch ist etwas holperig, aber man versteht sie gut. »Eines meiner Lieblingsbilder von Hajnal Szatmári. Es war dieses Jahr im Französischen Kulturinstitut ausgestellt.«

Shearer steht auf, geht hinüber und betrachtet es aus der Nähe. Wenn er damit Zeit gewinnen will, kann er das ruhig. Zeit habe ich jede Menge. Und solange er nicht mit der Wahrheit rausrückt, was das Ganze hier soll, wird er auch aus mir nichts herausbekommen.

VIGILIA ARGENTEA PELSONIS

Das Gemälde in der linken Ecke ist mir auch schon aufgefallen, es ist irgendwie anders als die anderen. In der Mitte ist ein ziselierter Kelch aus einem silbernen Metall dargestellt, randvoll mit einer zähen, dunkelroten Flüssigkeit, darüber schwebt ein dunkelroter Mond. Um den Sockel des Kelches windet sich eine Linie wie eine Drachenschnur, aus der sich die schwarz-weiße Silhouette einer Frau entwickelt, sie schwebt rechts neben dem Kelch, ihm zugewandt. Auf der anderen Seite steht ein stilisiertes Schwert mit der Spitze nach oben, auf dem Medaillon im Knauf seines Griffes noch mal ein Frauenkopf im Profil.

Der Kelch erhebt sich auf dem Panorama eines Sees in feurigem Rot, an dessen linkem Ufer ein weißes Gebäude wie ein antiker Tempel steht, mit Säulen und Tympanon.

Die ganze Szenerie ist eingefasst von einem Rahmen in Brauntönen, der an verwitterte, mit Schnitzereien und Schriftzeichen bedeckte Holzbalken erinnert. Oben eine lateinische Inschrift, »Vigilia Argentea Pelsonis«, seitlich seltsame Runenzeichen.

»Das ist *rovásírás*, Szeklerrunen«, sagt Tante Rita, »die alte Schrift der Szekler im heutigen Siebenbürgen, man kann sie dort noch in alten Dorfkirchen und auf den typischen hölzernen Grabpfählen finden. Irgendwo habe ich doch noch den Ausstellungskatalog liegen ...«

Sie sucht auf ihrem Sekretär und im Regal und bringt uns eine mehrsprachige Broschüre.

»Weibliche Welten – Ungarische Künstlerinnen heute«
20.2.–30.3.2004
Französisches Kulturinstitut Budapest
Katalognummer 11:
»Die Wächterin« von Hajnal Szatmári, 2004
Öl auf Faserplatte, 100 cm x 80 cm.

Selten ausgestellte Künstlerin, sehr zurückgezogen, weibliche Intuition und Spiritualität blah blah. Eine Dr. phil. interpretiert:

> Auf den ersten Blick könnte dieses Bild eine Tarotkarte sein, das Kelch-As oder Schwert-As, aber dazu passt seine Atmosphäre nicht. Die wesentlichen Bildgegenstände und der Bildraum sind schwarz-weiß gehalten wie eine Zeichnung, Schwarz und Grautöne in feinen Lavierungen transparent ins Material gerieben, so dass luftige Raumwirkung entsteht. Diese wird jedoch durchkreuzt vom zähen, dunklen Rot der Flüssigkeit und des Mondes, die in der Fläche bleiben. Die zähe Ölfarbe besitzt sogar eine kalkuliert haptische Qualität, kommt der Betrachterin reliefartig entgegen, drängt sich ihr auf.

Ja, das stimmt in etwa.

> In dieser Kontrastierung von Fern und Nah, Perspektive und Fläche, Schwarz-Weiß und Farbe kristallisieren sich an den Bildgegenständen unterschiedliche Bedeutungsebenen heraus: Die monochrome Frauensilhouette hat trotz individueller Gesichtszüge etwas Unkörperliches, sie wächst aus einer Linie in den Raum empor wie der Dschinn aus Aladins Lampe, ihr zur Seite gestellt das Schwert. Dieses Bild ist kein Meditationsbild wie Szatmáris übrige Arbeiten. Jede kontemplative Stimmung wird durch die Behandlung der Farbe Rot bewusst gebrochen. Szatmáris Umgang mit Farbe scheint in seinem subtilen Kalkül sehr aggressiv und verträgt sich, dem Habitus des Bildes zum Trotz, nicht mit einer versöhnlichen, esoterischen Botschaft.

Stimmt. Je länger ich dieses Bild betrachte, desto verstörender wirkt es. Ich gebe Tante Rita die Broschüre zurück und frage: »Wieso hat sie das denn gemalt?«

Tante Rita zuckt die Achseln. »Es war ein Auftragswerk, das nie abgeholt wurde«, meint sie. »Der Auftraggeber hat ihr die Thematik und die Inschriften vorgegeben und ein Modell mitgebracht, nach dem sie es gemalt hat.«

Steven Shearer kneift interessiert die Augen zusammen. »Was für ein Modell war denn das?«, fragt er.

»Ein Kelch«, sagt Tante Rita. »Ein sehr schöner alter Silberkelch mit Ziselierungen, ein Erbstück. Sie hat ihn mir gezeigt, als ich sie im Atelier besucht habe, so etwas Schönes und Altes habe ich selten in der Hand gehabt.«

Damit hat sie Mr. Shearers ganze Aufmerksamkeit. »Wissen Sie vielleicht, wie dieser Auftraggeber hieß?«, fragt er.

Tante Rita lacht. »Da kann ich Ihnen nun weiß Gott nicht weiterhelfen«, sagt sie. »Sie müssen die Künstlerin schon selbst fragen. Heute Abend ist sie wieder da und hält ihr übliches Vollmondritual auf einer Waldlichtung ab. Sie können gerne mitkommen.«

Ich stöhne innerlich auf. Tante Rita. So erfahre ich doch nie, was das Ganze soll.

Shearer dreht sich zu mir um und lächelt. »Ich werde gleich Ihren Onkel anrufen und ihm den Stand der Dinge schildern«, sagt er. »Ich bin sicher, alles wird sich zu Ihrer Zufriedenheit klären.«

Shearer geht raus in den Vorgarten zum Telefonieren. Mit dem Handy, nach Amerika. Kommt wieder rein und fragt, ob es hier ein Fax gäbe. Tante Rita sagt, ein Bekannter im Ort hat eins, und gibt ihm die Nummer. Sie ruft ihn kurz an, ob er zu Hause ist. Ist er.

»Ihr Onkel wird sich bei Ihnen melden«, sagt Shearer, »dann komme ich also heute Abend wieder und schließe mich Ihnen zu einem kleinen Waldspaziergang an, in Ordnung?«

Ich nicke dumpf. Onkel Fred kriegt anscheinend immer, was er will.

Als Shearer gegangen ist, habe ich ein ungutes Gefühl.

»Shearer sucht auch etwas, nach deiner Definition ist er vermutlich ein Barbar«, sage ich später zu Tante Rita, und sie sieht überrascht auf.

»Stimmt genau«, meint sie grimmig. »Der Mann ist ein Prachtstück dieser Gattung.«

»Aber er sucht keinen Gral. Er macht einfach seinen Job.«

»Und ob er einen Gral sucht.« Tante Rita verschränkt die Arme. »Verstehst du das nicht? Wir machen alle ›unseren Job‹, es ist egal, wie wir das nennen. Die Frage ist, was uns dabei leitet. Letztlich haben wir die Wahl zwischen ›Wo finde ich etwas, das glänzt?‹ und ›Wer bin ich, wozu bin ich hier?‹ Wenn ich sage, du bist eine Suchende, dann meine ich nicht, dass du die Gralslegende wörtlich nehmen sollst, sie gibt uns vielmehr einen Kontext, lehrt uns Bedeutungszusammenhänge verstehen, gibt dir für deine individuelle Suche so etwas wie eine Landkarte in die Hand. Ob du sie nutzen willst oder nicht, ist deine Sache.«

»Tante Rita, lass das arme Mädel in Ruh«, tönt es da vom Gang her. Réka kommt grinsend in die Küche und umarmt ihre Tante. Die beiden haben ein so gutes Verhältnis. Und bei Tantenmangel nützt mir kein Gral.

Am frühen Abend.

Als wir beim Abendessen sitzen, Tante Rita hat uns tatsächlich *rántott csirke* gemacht, hupt es vor dem Haus. Tante Rita schaut erstaunt auf, draußen vor dem Küchenfenster winkt ihr bei laufendem Motor ein älterer Mann aus einem Auto zu.

»Ach, da ist dein Fax«, meint sie, geht nach draußen und kommt wenige Minuten später mit einem Stück Papier zurück.

Onkel Fred hat es mir heute Nachmittag geschickt. Überweisung auf mein Kreditkartenkonto, und drüber in seiner ausufernden Handschrift: »Good Girl!!«

In mir steigt die rote Wut hoch. Meine Augen wandern in die unterste Zeile, dahin, wo der Betrag steht, und ich verschlucke mich fast.

Er hat mir 2500 Dollar überwiesen.

Réka lässt sich das Treffen mit Shearer berichten. Sie ist etwas ärgerlich, dass Shearer heute Abend mit in den Wald kommt.

»Wie oft soll ich's dir noch sagen, Tante Rita, Hajnal mag keine fremden Männer dabeihaben«, sagt sie, und Tante Rita zuckt die Achseln.

»Es ist eine Ausnahme, er ist aus Amerika und sucht sie doch so dringend.«

»Ja, und uns sagt er nicht wieso«, sagt Réka böse, »du bist so was von vertrauensselig.«

»Mr. Shearer ist der Anwalt von Naomis Onkel«, sagt Tante Rita fest, »das wird schon seine Richtigkeit haben.«

»Er hat sich besonders für dieses Bild interessiert«, meine ich. »Tante Rita, weißt du eigentlich, was die Inschriften bedeuten?«

»Nicht genau. Pelso ist der lateinische Name des Balaton,

so viel weiß ich«, sagt Tante Rita. »Hajnal hat es mir mal gesagt, Vigilia ist die Wächterin.«

»Argentum heißt Silber, das weiß ich zufällig. Und Pelso ist im Genitiv, dann bewacht die Wächterin also das Silber des Balaton.«

»Der ist eher golden, vom vielen Sonnenöl«, meint Réka trocken.

»Das Silber wird sich auf den Kelch beziehen«, sage ich. »Und die Szeklerrunen, was bedeuten die?«

Tante Rita zuckt die Achseln. »Szeklerrunen kann ich nicht lesen.«

»Hattest du nicht mal ein Buch dazu?«, fragt Réka. »Du hast es mir mal geliehen, so ein gelbes.«

Irgendwas liegt in der Luft, das ich nicht begreife, eine Unstimmigkeit, ein Misston zwischen den beiden. Tante Rita zuckt wieder die Achseln, räumt die Teller zusammen und geht in die Küche hinüber, der rotweiß gescheckte Kater mit hochgerecktem Schwanz hinterdrein, er spekuliert auf unsere Hühnerknochen.

Réka steht auf und schaut sich bei den Bücherregalen um. Dann zieht sie einen schmalen Band heraus: *Der Ursprung der Szeklerrunen.*

»Hast du Lust, das rauszuknobeln?«, fragt sie.

Klar hab ich. Wir haben sowieso noch viel Zeit.

Auf dem Bild steht links, von unten nach oben:

Und rechts, von oben nach unten:

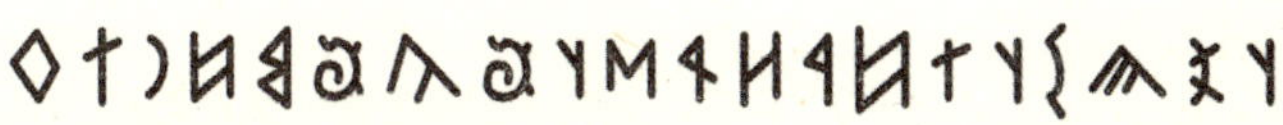

In dem Buch befindet sich eine Buchstabentabelle, und nach einer halben Stunde haben wir das Rätsel gelöst. Da steht:
A múlt őrzi bűneid titkát, e kincs mögött vár az itélet. Die Vergangenheit birgt das Geheimnis deiner Sünden, hinter diesem Schatz wartet dein Gericht.

»Meine Güte, eine Drohbotschaft«, meine ich erstaunt, »wäre mal interessant zu wissen, was der Auftraggeber damit eigentlich wollte.«

Réka sieht Tante Rita an, aber die sagt nichts.

Der Gral

Dienstagabend.

Shearer kommt gegen zehn, Réka ist schon vorgegangen. Sie meinte, sie müsste Hajnal zumindest vorwarnen, dass fremdes Testosteron im Anmarsch sei. Tante Rita schließt hinter uns ab, und dann gehen wir über ein gepflastertes Sträßchen um den alten Ortskern herum und kommen an einer Ausfallstraße heraus. Um diese Zeit ist alles schon dunkel und still. Die Ausfallstraße führt uns aus dem Ort hinaus, durch Waldstücke und an verlassenen Picknickplätzen vorbei, und nach etwa zwanzig Minuten biegen wir bei einer Schranke in einen dunklen Waldweg ein, der uns bergan führt. Shearer meint, bis hierhin hätten wir doch sein Auto nehmen können, aber Tante Rita schüttelt nur den Kopf und geht weiter.

Um uns herum Dunkelheit. Wir haben kein Licht dabei. Tote Zweige knacken unter unseren Füßen, losgetretene Kiesel kullern den Abhang hinab, Vögel hören uns kommen und flattern aufgeschreckt davon. Dunkelheit und fremde Geräusche, hier muss es Rehe und Wildschweine geben. Ob Hajnal sich nachts im Wald eins fühlt mit der Natur? Ich tue das jedenfalls kein bisschen. Man orientiert sich nur schwer, hat nichts mehr unter Kontrolle, ist plumper Eindringling. Zum Glück scheint wenigstens Tante Rita sich hier auszukennen. Sie ist schon etwas außer Atem, bleibt kurz zum Verschnaufen stehen.

»Da oben ist es, dort oben auf dem Hügel, die kleine Lichtung«, sagt sie.

Durch den nächtlichen Wald dringen tiefe Trommelschläge, und dort, wo Tante Rita hinzeigt, bewegt sich etwas hinter tuscheschwarzen Baumstämmen.

»Oh, sie hat doch schon angefangen«, flüstert Tante Rita. »Mr. Shearer, dann können Sie sich anschließend mit Hajnal unterhalten, das Ritual wird nicht lange dauern. Ich möchte Sie bitten, am Rand der Lichtung auf uns zu warten, das ist ein reines Frauenritual, dafür haben Sie doch Verständnis?«

»Sicher«, meint Mr. Shearer, »kein Problem, ich setze mich so lange hier unter einen Baum.«

Auf der Lichtung steht eine Frau. Sie trägt ein wallendes Gewand, ich glaube, in Blutrot, aber es ist zu dunkel, um es genau zu erkennen. Hajnal Szatmári, die große Unbekannte, die alle suchen, steht da und trommelt gemessen und feierlich auf so etwas wie einem riesigen ovalen Tamburin von etwa einem Meter Länge, sein tiefer, voller Ton lässt unser Zwerchfell vibrieren. Hajnal ist groß und schlank, etwa Mitte dreißig, mit langem schwarzem Rabenhaar, und sieht wirklich fast so aus wie die Frauen auf ihren Bildern.

Als sie uns sieht, nickt sie uns zu und bedeutet uns, still zu sein und uns zu setzen. Dabei geht sie im Kreis die Lichtung ab und trommelt.

Ich frage mich, wo Réka ist, sie ist nirgends zu sehen. Bei einem flachen Stein in der Mitte der Lichtung setze ich mich ins Gras, Tante Rita nimmt Hajnal die Trommel ab und trommelt ihren Rhythmus weiter, und Hajnal beginnt zu tanzen. Zuerst wiegt sie sich nur hin und her, aber dann kommt sie in Fahrt, macht raumgreifende, ekstatische Bewegungen, ihr langes Haar fliegt ihr um den Kopf.

Ich weiß noch nicht, was ich von der ganzen Sache halten soll, und schaue zu Shearer hinüber. Er sitzt am anderen Ende der Lichtung diskret rauchend auf dem Boden, ab und zu sieht man den kleinen Lichtpunkt, wenn er an seiner Zigarette zieht.

Eine Brise kommt auf, fährt ins nächtliche Laub. Im Wald knacken Zweige, es raschelt im Unterholz. Ich stelle mir vor, wie Rehe und Wildschweine im Kreis herumstehen und uns zuschauen, und muss kichern. Tante Rita wirft mir einen schrägen Blick zu. Ja doch, die Barbarin benimmt sich ja schon.

Hajnal nimmt eine Kürbisrassel vom Boden auf und beginnt, uns einzeln anzurasseln, zuerst Tante Rita, dann mich, dann sich selbst und dann uns alle drei. Ich will fragen, warum sie das macht, aber Tante Rita legt mir die Hand auf den Arm, psst, später. Gut, verstanden, hier muss man ruhig sein.

Hajnal hat eine Tasche auf dem Boden liegen, da hat sie alle möglichen Sachen drin, die sie jetzt herausholt und auf dem Stein aufbaut. Ein armlanges Bündel kommt in die

Mitte, drum herum vier Teelichter, zum Glück windet es nicht zu sehr. Unsere Blicke treffen sich, sie lächelt mir zu. Daneben legt sie einen Kristall und ein Schälchen, das sie mit Wasser aus einer Plastikflasche füllt, und zum Schluss zündet sie ein Räucherstäbchen an.

Wir sitzen zu dritt um diesen kleinen Altar im Schein der Teelichter, Tante Rita und Hajnal nehmen meine Hände und sitzen dann mit geschlossenen Augen da, anscheinend meditieren sie. Ich müsste mich bewegen, damit mir die Füße nicht einschlafen, aber ich will sie nicht stören, sie sehen so versunken aus.

Eigentlich kann ich mit Esoterik nichts anfangen. Meditation hat bei mir noch nie funktioniert, ich bin jedes Mal eingeschlafen. Was die beiden da machen, geht über meine Begriffe. Aber die Stimmung ist schön. Einfach nur so dasitzen in unserem kleinen Lichtkreis, über uns der helle Vollmond, es riecht nach Wald, es ist friedlich, wann macht man so was sonst schon. Und Hajnal gefällt mir. Obwohl sie mich gar nicht kennt, hat sie mich einfach in ihr Ritual miteinbezogen. Man muss gar nichts tun oder sagen und gehört doch dazu, wird abgerasselt und angelächelt und an die Hand genommen, wir sitzen im Kreis wie eine eingeschworene Gemeinschaft, davon wird mir ganz warm. Mal sehen, was da noch kommt.

Nach ein paar Minuten öffnet Hajnal die Augen und hebt ihre Handflächen gen Himmel.

»Wir sind heute hier, um den Mond im Krebs zu feiern, den Mond der Verbundenheit«, sagt sie, und ihre Stimme gefällt mir auch, leise und angenehm, und sie spricht ganz schlicht, fast beiläufig, macht keinen Hokuspokus draus. Als sei es das Normalste auf der Welt, was wir da eben machen.

»Wir sind verbunden mit denen, die wir lieben. Der Mond im Krebs ist die Zeit, sich zu vergegenwärtigen, dass wir nicht alleine sind.«

Na, denke ich, dann bin ich hier leider falsch. Egal.

»Verbundenheit existiert über den Tod hinweg, für sie gibt es keine Vergangenheit und keine Zukunft, alles ist eins, alles ist jetzt«, sagt Hajnal und schaut uns beide an. »Denken wir jetzt an die, die wir lieben, wo auch immer sie jetzt sind.«

Tante Rita senkt den Kopf. Auf dem Stein glimmt das Räucherstäbchen, sein heller Rauchfaden steigt empor wie eine Drachenschnur, es duftet seltsam.

»Der Mond im Krebs ist auch die Zeit, um alte Wunden zu heilen«, sagt Hajnal, »um mit Liebe zu füllen, was leer ist, um mit Liebe zu schließen, was geschlossen sein muss. Alles ist eins, alles ist jetzt.«

»Das gefällt mir«, sagt Mom und legt den Kopf schief wie immer, wenn sie sich wohl fühlt. Sie trägt ihre Kellnerinnenuniform, in der sie abends immer nach Hause kommt, hat die Füße hochgelegt und schaut versonnen der Drachenschnur ihrer Feierabendzigarette hinterher. Dann dreht sie sich um zu mir und lächelt mich an. So schön ist sie, meine Mom, mir bleibt fast das Herz stehen. »Geht's dir gut, Kleines?«, fragt sie. Ich schüttle stumm den Kopf. Seit du fort bist, nicht mehr, will ich sagen, aber da lächelt sie wieder und sagt: »Wasch dir die Hände, gleich gibt's Abendessen«, und Tante Rita schaut fragend zu mir herüber. Ich muss mich zusammennehmen, sonst heul ich gleich los.

Réka

Ich hatte Hajni am frühen Abend auf der Lichtung besucht, schließlich hatten wir uns die ganze Woche praktisch nicht gesehen. Später ging ich wieder runter zu Tante Rita, aber da waren sie schon weg. Ich hab mir schnell noch eine Taschenlampe geholt und dann die Abkürzung zurück genommen.

Auf der Lichtung ist das Ritual schon im Gang, das kann ich aus der Ferne sehen. Ich komme den Weg hoch, herum um die Kehre, und da stehen zwanzig Meter vor mir zwei Typen auf dem Weg, völlig bewegungslos, und starren zur Lichtung rüber, wiederhole, ZWEI Typen, und der Mond ist hell genug, um ihre Gesichter zu sehen, und mir fährt's eiskalt in den Magen. Der eine von ihnen ist Stirnglatze, verdammt, dann kann das nicht Shearer sein, der sitzt nämlich da drüben an der Lichtung, ich kann seine Zigarette riechen, ALARM.

Die haben mich nicht gesehen. Ich geh ganz, ganz vorsichtig und leise im Kreis um die Lichtung herum, so lange, bis ich auf der Höhe bin, dass Hajni mich sieht.

Naomi

Der weiße Vollmond steht genau über der Lichtung, um ihn herum zieht sich ein grauer Wolkenkranz zu. Hajnal steht auf und nimmt das Bündel vom Altar. So behutsam und respektvoll, als wäre ein Baby drin. Sie zieht die Hülle an der Spitze sachte etwas auseinander, und etwas Metallisches blitzt auf wie flüssiges Mondlicht. Tante Rita und ich halten unwillkürlich den Atem an.

Hajnal beginnt, leise vor sich hin zu summen. Hebt das Bündel über dem Altar langsam und feierlich in die Höhe.

Hinter uns hektische Schritte. Zigarettenrauch. Was will Shearer denn, wir sind doch noch gar nicht fertig? Tante Rita ist aufgesprungen und starrt Shearer an, der fragt: »Was ist das?«, und seine Stimme klingt eisig, als er zu Hajnal sagt: »Zeigen Sie her!«

Irgendwas ist hier ganz falsch. Irgendwas stimmt hier nicht.

Das kann doch nicht sein.

Shearer hat eine Knarre auf Hajnal gerichtet.

Was sie in den Händen hat, ist ein silberner Kelch. So einer wie auf ihrem Gemälde. Drüber der Mond, daneben Tante Rita. Die starrt Shearer eine Schrecksekunde lang ungläubig an. Und dann passiert etwas mit ihr. Tante Rita wächst. Sie wirkt irgendwie größer. Tante Rita ist wütend. Unglaublich wütend. »Shearer, was machen Sie da, tun Sie die Waffe weg«, sagt sie schneidend und schiebt sich dabei langsam, ganz langsam und unmerklich vor Hajnal in seine Schussbahn. Eine Bewegung hinter ihm am Waldrand, ein paar Meter von uns entfernt steht Réka und hat die nackte Angst im Gesicht.

Die Zeit bleibt stehen. Es ist ein eingefrorener Moment.

Zwischen Réka und Hajnal geht irgendwas vor sich. Ein Blickwechsel, ein unmerkliches Einverständnis. Und plötzlich geht alles ganz schnell.

Zwei Männer brechen aus dem Gebüsch hervor, rennen auf uns zu.

Ein Schuss fällt.

Hajnal wirft Réka das Bündel zu.

Steven Shearer bricht getroffen zusammen, und aus der Luft kommt der Gral auf mich zugeflogen, ich fange ihn wie einen Basketball. Tante Rita zischt: »Um Himmels willen, Réka, LAUF!«, Geschrei, Tumult, der bewaffnete Typ fuchtelt mit seiner Knarre, und ich atme durch und sprinte los, ins Dunkle. Ich weiche Büschen aus, tief hängende Zweige klatschen mir ins Gesicht, dann springe ich die Böschung runter auf den Pfad. Zum Glück hat sich die Wolkendecke zugezogen, sonst wäre ich hier unten in bester Abschussposition. Im Arm hab ich den Gral, in sein Tuch gewickelt und gut verschnürt, ich drücke ihn an mich wie ein Baby und renne, wie ich noch nie in meinem Leben gerannt bin.

Das Geschrei hinter mir verfliegt. Es ist ruhig, *zu* ruhig. Was machen die jetzt mit den anderen? Einer bleibt oben, einer kommt mir mit Sicherheit in etwa drei Sekunden nach. So sehr ich mich auch umdrehen und schauen will, ich darf nicht. Jetzt haben die anderen eine Chance, aber wenn die den Gral kriegen, ist alles aus.

Meine Füße trommeln den Waldweg hinab, über dem sich dichte Baumwipfel schließen, wie gut, dass ich den Weg kenne, gleich kann ich nichts mehr sehen.

Hinter mir heult ein Motor auf. Verdammt, die sind mit dem Auto da. Sie müssen von der Fahrstraße aus auf die Lichtung gefahren sein. Mit dem Scheinwerfer haben die mich sofort. Dabei bin ich doch schon fast unten. Und wenn ich mich nicht irre, kommt da unten gleich …

Das Auto rumpelt über tiefe lehmige Fahrrinnen auf mich zu, immerhin ist es kein Jeep, und da ist sie auch schon vor mir, da, wo der Waldweg auf die Fahrstraße mündet: die Schranke. Danke, Forstamt Visegrád. Da kommt er nicht weiter. Entweder er steigt aus und rennt mir nach, oder er kehrt um, fährt zur Lichtung zurück, fährt oben raus auf die Fahrstraße und dann runter in den Ort, wo ich dann schon sein werde. Hoffentlich.

Kreischende Bremsen, Fluchen, Türenknallen. Er versucht die Schranke zu öffnen. Die ist das gewohnt und weicht keinen Millimeter. Danke, Forstamt Visegrád. Kreischen, Rumpeln, im Rückwärtsgang den Berg hoch. Oh gut, er glaubt an PS. Kann ich etwas verschnaufen. Weil gleich kann ich nicht mehr.

Mein Herzschlag dröhnt mir im Ohr, mein Atem geht stoßweise, und ich hab den Geschmack von Panik im Mund. Um mich herum zirpen die nächtlichen Grillen, als wäre nichts Schlimmes geschehen, als wären da oben auf der Lichtung nicht drei Frauen in der Gewalt von bewaffneten Verbrechern, darunter Hajnal, meine Liebste. Über dem alten Baum vor mir kreisen Fledermäuse. Los jetzt, denke ich. Keine Zeit. Weiter.

Auf und ab gehen meine Füße, auf und ab, sie sind schwerer als vorhin. Eins, zwei, Atemzug. Gral wird auch immer schwerer. In die andere Hand nehmen. Eins, zwei, Atemzug. Schnell, schnell, nicht nachlassen. Gleich geschafft.

Hinter mir ist noch alles ruhig, aber jetzt muss er jeden Moment auftauchen. Und zu allem Überfluss kommt jetzt auch der Mond wieder raus und leuchtet die Szenerie aus wie ein Filmset, die Heldin gerade auf der Strecke, wo rechts und links nur Wiesen sind und keine Deckung, kein Busch, kein Graben, nichts. Wenn er jetzt kommt, bin ich geliefert. Und richtig, durch die unbeirrbaren Grillen in der nächtlich schwarzweißen Stille heult plötzlich wieder der Motor auf und nähert sich der Heldin in irrsinniger Geschwindigkeit.

Ich hab Seitenstechen.

Kurz vor dem Ortseingang liegt auf der rechten Seite hinter einem Lanzettenzaun der Visegráder Friedhof. Das Törchen ist nachts mit einem rostigen Fahrradschloss gesichert, das einem Sportschuh jedoch guten Halt bietet, wenn man sich mit Anlauf aus letzter Kraft wie ein Geschoss darüber wirft. Dann kann man nach Luft schnappend im Schatten der Friedhofsmauer auf mörderisch spitzigen Kieselsteinen liegen und warten, dass sich das Motorengeräusch auf der Fahrstraße in den Ort entfernt.

Tut es aber nicht.

Das Auto drosselt vielmehr am Ortseingang vorbildlich das Tempo. Vermutlich nimmt er die Straßengräben unter die Lupe, langsam und gründlich und mit gezogener Pistole. Die guten Visegráder, die mit den Hühnern schlafen gehen oder drin vor der Glotze sitzen, bekommen davon nichts mit. Jemand ist auf der anderen Seite der Mauer. Ich kann Auspuffgase und eine Zigarette riechen.

Nach einer Ewigkeit, in der ich Blut und Wasser schwitze, gibt er wieder Gas. Und entfernt sich.

Oh Göttin sei Dank.

Ich werde mich hüten, sofort wieder übers Tor zu klettern, das kann eine Falle sein. Aber eine bequemere Warteposition ist allemal drin. Ich stehe mühsam auf, schüttle die Steinchen vom Rücken und schaue mich nach dem Gral um, den ich vorhin hektisch durch die Gitterstangen gedrückt habe. Da liegt er noch, das Bündel sieht unbeschädigt aus. So leise ich kann, hebe ich es auf und schleiche dann über den Kiesweg den Abhang hoch, da oben kann ich mich hinter einen Grabstein ducken und habe die Straße im Blick.

Der Friedhof liegt im Mondschein vor mir. Es ist friedlich und still. Die ewig unermüdlichen Grillen und eine leichte Brise vom Wasser her.

Ich setze mich vorsichtig auf eine Grabeinfassung, deren Bewohnerin nur als *anyánk*, unsere Mutter, aufgeführt ist, und hoffe, sie hat nichts dagegen. *Anyánk* starb vor fünf Jahren, seither war wohl keiner ihrer Abkömmlinge da. Vielleicht ist es ja Kalkül mit diesen anonymen Grabinschriften. Wer lässt dieses Grab so verlottern, mäht nicht, jätet nicht, kümmert sich um nichts? Keine Ahnung, steht kein Name drauf.

Was tu ich hier eigentlich.

Die anderen sind in Gefahr. Lebensgefahr. Und ich, die ich den blöden Gral retten musste, bin hier, mehr oder weniger in Sicherheit, aber allein. Wenn Hajni und den anderen was passiert, verzeih ich mir das nie. Ich muss so schnell wie möglich Hilfe holen. Polizei anrufen. Kein Handy dabei, also Telefonzelle suchen. Bei der Kirche drüben muss eine sein. Wenn nicht, dann an der Tankstelle am Donauufer. Oder noch besser, einfach am ersten Haus Sturm läuten. Noch kurz verschnaufen und warten, für den Fall, dass die da unten doch noch irgendwo sind, und dann aber nichts wie los. Hier zählt jede Minute. Ich stehe auf.

»Bleiben Sie ruhig sitzen«, sagt jemand hinter mir, und meine Eingeweide werden schlagartig zu Eis. »Da oben ist noch ein Tor, da tut man sich leichter. Ist nicht abgeschlossen.«

»Wer sind Sie?«, presse ich hervor.

Schritte knirschen auf Kies, und dann setzt sich der Jemand neben mich. Ein Hauch von einem blumigen Desodorant. Im Zeitlupentempo drehe ich den Kopf. Keine Waffe. Gut. Ich entspanne mich etwas. Aber der Schreck sitzt mir immer noch in den Gliedern, und ich habe keine Ahnung, wer das ist. Eine Frau. Jeans und Pullover, Handtasche und – etwas beginnt mir zu dämmern – Brille, blondierte Strähnchen, mokkafarbener Lippenstift, weiß lackierte Fingernägel. Ich fass es nicht. Die Nymphomanin aus dem Gellért.

»Wie kommen *Sie* denn hierher?«, krächze ich.

»Wir beide müssen uns mal unterhalten«, sagt sie. »Wissen Sie, ich beobachte Sie schon eine ganze Weile.«

Das ... das gibt's doch einfach nicht.

»Hören Sie«, sage ich, »meine Freunde sind in Gefahr. Oben im Wald, die Typen sind bewaffnet, ich muss die Polizei holen, ich muss dringend los!«

»Schon passiert«, sagt sie und entnimmt ihrer Handtasche ein silbernes Zigarettenetui, »die sind schon dort.« Als ich sie ungläubig anstarre, sagt sie: »Das können Sie mir schon glauben. Eine Einsatzgruppe der Zentrale Szentendre ist eben an der Lichtung angekommen.«

Na dann.

»Wer *sind* Sie? Was *wollen* Sie?«, frage ich.

»Was wohl, den Kelch«, sagt sie.

Sie will den Kelch. »Den wollen heute alle.«

»Jetzt hören Sie mir mal zu. Ich weiß es, Sie wissen es – oder wenn Sie es nicht wissen, sage ich es Ihnen eben: Dieses Stück ist nicht verkäuflich. Auch wenn das Interesse daran momentan so groß ist – bei wem auch immer dieses Stück letztlich landet, wird darauf sitzen bleiben.«

»Das wissen Sie, aber Sie wollen ihn trotzdem«, meine ich.

»Ich will ihn von Ihnen haben, ja. Ich will, dass Sie mit sich reden lassen und mir das Stück geben, und zwar hier und jetzt. Ich frage Sie im Guten. Zehn Millionen Forint sind doch besser als eine Verurteilung wegen Hehlerei, oder was meinen Sie?«

Moment.

»Sie wollen das Ding für zehn Millionen Forint, oder Sie liefern mich an die Bullen aus, hab ich das richtig verstanden?«, frage ich. Ich frage mich auch, in welchem Film ich eben bin.

Strähnchen lächelt mich an. »So ungefähr. Zigarette?«

»Wer um alles in der Welt SIND Sie?«, frage ich.

»Oh.« Strähnchen öffnet ihre Handtasche, sucht darin herum und reicht mir dann eine Visitenkarte. »Dr. Gizella Kútvölgyi, Referentin, Ministerium für das Nationale Kulturelle Erbe. Seit nunmehr vierzehn Jahren hat das Ministerium für bislang unbekannte Stücke aus dem so genannten Pelsoschatz, oder für Hinweise zu deren Auffindung, eine Belohnung von zehn Millionen Forint ausgesetzt. Seit 1990 war keiner so kurz davor, sich diese Belohnung zu verdienen, wie Sie in exakt diesem Augenblick.«

Ich träume wohl.

»Gesetzt den Fall, ich weigere mich. Können Sie mich zwingen, ihn herauszugeben?«

»Dazu habe ich keine Befugnis«, sagt Dr. Kútvölgyi und schnippt ihre Asche auf *anyánk*'s Grabeinfassung, »ich appelliere an Ihren gesunden Menschenverstand. Aber wenn es sein muss, kann ich unkooperativen Verdächtigen durchaus diverse legale Probleme bereiten.«

Schön gesagt, *Gizike*.

»Ist das also der Deal?«, frage ich und muss lachen, das Ganze ist einfach zu absurd. »Ich gebe Ihnen den Gral, und Sie versprechen mir auf die Hand zehn Millionen?«

»Das ist der Deal«, nickt Kútvölgyi, »und ich würde mich freuen, wenn wir diese Angelegenheit nunmehr zu einem positiven Abschluss bringen könnten.«

Ich überlege. Wird es Hajni nützen? Ist das die richtige Lösung, ist damit alles aus der Welt?

»Und Sie sagen, die Polizei ist schon da oben und hat alles unter Kontrolle?«, frage ich sicherheitshalber noch einmal.

Sie nickt. Es ist ein Uhr nachts. Kútvölgyi sieht müde aus.

»Na gut«, sage ich und werfe ihr mein Päckchen zu, »da haben Sie ihn. Sie wissen, wo Sie mich finden, und meine Freundin ist da oben in Schwierigkeiten, kann ich jetzt gehen?«

»Moment noch.«

Gizella Kútvölgyi nestelt die Schnur ab und macht sich daran, den Kelch auszuwickeln. Ihre Augen glänzen. Gizi, das riecht verdammt nach Beförderung.

Lage um Lage befreit sie den Gral des Pelso aus seinem indischen Batikgewand. Das silberne Licht des Vollmonds fängt und spiegelt sich im silbernen Kelch, der Vollmond fließt inmitten der schwarzweißen Gräberlandschaft so weich in ihn hinüber, als wäre er sein Zwilling. Um uns herum feierliche Stille.

Es ist ein sehr mythischer Moment.

Gizi sieht das nicht so. Sie schaut extrem verwirrt drein. »Was zum Kuckuck soll DAS sein?!«

Am Sockel des Grals umfließt das Mondlicht die Buchstaben einer Inschrift, von kundiger Hand ins helle Silber getrieben, die da kündet vom Stolz und Ruhme Ungarns in allen Landen.

Da steht:

SYDNEY GAY GAMES 2002
Standardtanz der Damen Kategorie C
1. Platz

Dr. Gizella Kútvölgyi vom Ministerium für das Nationale Kulturelle Erbe sieht mich an, und ihre felsgrauen Augen verheißen nichts Gutes.

Da fällt ein Schuss.

Telefongespräch, Freitag, 9. Juli 2004

»Mr. Fred Victor?«

»Ja bitte?«

»Mr. Victor, bitte entschuldigen Sie die Störung zu so später Stunde. Hier spricht Kommissar András Bíró von der Kriminalpolizei Budapest, Ungarn. Könnte ich Sie einen Moment sprechen?«

»Aus Ungarn? Natürlich. Kleinen Moment noch ... schlaf weiter, Liebling, ich setze mich ins Wohnzimmer ... Hallo? Was ist denn passiert?«

»Mr. Victor, kennen Sie eine junge Frau namens Naomi Vígh?«

»Das ist meine Nichte, warum?«

»Mr. Victor, wir haben Grund zu der Annahme, dass eine junge Amerikanerin namens Naomi Vígh gestern Nacht in Visegrád erschossen wurde.«

»Was?«

»Mr. Victor, es tut mir sehr leid, aber wir sind uns ziemlich sicher, dass es sich bei der Toten um Ihre Nichte handelt. Allerdings besteht noch ein Rest Unklarheit, da wir an ihr keinerlei persönliche Papiere gefunden haben und sie lediglich nach Zeugenaussagen identifizieren konnten. ... Mr. Victor, sind Sie noch da?«

»Ja ... sagen Sie, was ist denn passiert?«

»Es gab eine Geiselnahme auf einer Waldlichtung bei Visegrád. Die junge Frau wurde im Schusswechsel mit der Polizei tödlich getroffen.«

»Aber ... das ist doch ...«

»Mr. Victor, wer sind die nächsten Angehörigen Ihrer Nichte?«

»Das bin ich. Sie hat keine Eltern mehr.«

»Mr. Victor, da wir eine eindeutige Identifikation brauchen, wäre es in diesem Fall notwendig, dass Sie zu diesem Zweck nach Ungarn kommen.«

»Was? *Ich?* Wann?«

»Am besten sofort, Mr. Victor. Es handelt sich um eine reine Formalität, wir sind uns bezüglich der Identität der Toten relativ sicher, brauchen aber noch die Bestätigung eines Angehörigen.«

»Aber wie denken Sie sich das? Ich habe zu tun, ich kann nicht einfach mal eben einen Trip nach Europa machen!«

»Mr. Victor, im wahrscheinlichen Fall einer positiven Identifizierung wäre es zudem wichtig, Verfügungen bezüglich der Bestattung oder Rückführung der Toten zu treffen. Solange diese Fragen ungeklärt sind, wird die Tote übergangsweise eingelagert, und das auf Kosten ihrer Angehörigen, also auf Ihre Kosten ...«

»Ja, ist ja gut, ich habe verstanden ... aber sagen Sie, ich habe geschäftliche Verpflichtungen und kann momentan beim besten Willen nicht weg – können wir das nicht auf andere Weise lösen? Können Sie mir nicht ein Foto schicken oder so?«

»Mr. Victor, es tut mir leid, aber wenn Sie der einzige Angehörige sind, ist in dieser Angelegenheit Ihre persönliche Anwesenheit unbedingt erforderlich. Bitte lassen Sie mich wissen, wann Sie in Budapest eintreffen, damit ich alles Weitere veranlassen kann.«

Sonntag, 11. Juli 2004

Margarethenkrankenhaus Buda
Leichenhalle

Es ist kühl und hell hier unten. Schritte verhallen auf gekachelten Korridoren. Flimmernde Neonröhren und das Summen veralteter Kühlaggregate. Man meint, entfernt etwas zu riechen, aber das ist Einbildung. Es gibt keine Verwesung hier. Nur die Kühle stählerner Schubladen und ab und an gedämpfte Geräusche. Menschen kommen und tun ihre Arbeit, machen Mittag, gehen nach Hause. An diesem Ort, wo die Zeit angehalten wird, gibt es weder Tag noch Nacht.

Die Fähre über den Styx steht abfahrbereit,
man lässt uns nicht reisen

Die Toten in den stählernen Schubladen warten, dass jemand kommt und sie haben will

für unbestimmte Zeit zum Warten verdammt

Bestattung, Einäscherung, Überführung

was euch so wichtig, ist uns längst egal.

Die schmale Gestalt liegt aufgebahrt bereit, auf das Zeichen des Kommissars schlägt der Angestellte das Tuch zur Seite.

Der Kommissar sieht seinen Begleiter an. Dem Gesicht des kräftigen grauhaarigen Mannes Ende fünfzig ist keine Regung abzulesen, als er sagt: »Das ist sie.«

Die übrigen Formalitäten werden oben erledigt.

»Mein Beileid, Mr. Victor«, sagt der andere Beamte, und Fred Victor nickt nur und füllt Formulare aus, unterschreibt, es dauert eine Weile.

»Das war's, Mr. Victor«, sagt der Kommissar schließlich, und Victor steht auf und nimmt seine Jacke.

»Damit wäre nun wohl alles erledigt, kann ich jetzt gehen?«

»Ich fürchte nicht«, sagt Kommissar Bíró, und der andere Beamte legt Victor die Hand auf die Schulter. »Fred Victor, Sie sind verhaftet.«

Mittwoch, 7. Juli 2004, 02:00

Polizeidienststelle Visegrád

Vernehmungsprotokoll

Zeuginnen:
Rita Molnár, Réka Aschenbrenner, Hajnal Szatmári
Anwesend:
Dr. Gizella Kútvölgyi, Ministerium für das Nationale Kulturelle Erbe

Frage: »Wo ist der echte Kelch?«

(HSz weint, RA antwortet nicht)

RM: »Darum geht es doch gar nicht! Ich muss mit Kommissar András Bíró von der Mordkommission reden. Rufen Sie ihn an. Sofort.«

RA (schreit): »Kannst du endlich mal aufhören?! Hallo?! Naomi, die keinem was getan hat, schwebt in Lebensgefahr, jetzt kann dein blöder Kommissar auch nicht mehr helfen! Verdammt, Tante Rita, du bist echt zu viel!!«

RM: »Wir stehen alle unter Schock. Und es ist zwei Uhr nachts. Ohne meinen Anwalt sage ich überhaupt nichts. Und wenn Sie irgendwas richtig machen wollen, rufen Sie jetzt Kommissar András Bíró an, hier ist seine Nummer.«

RA: »Wie geht es Naomi? Verdammt, kann uns hier denn keiner sagen, wie es Naomi geht?!«

II. VIGILIA ARGENTEA PELSONIS

Mittwoch, 7. Juli 2004, vormittags

Polizeipräsidium Budapest

Rita Molnár

Es ist wieder passiert. Die Geschichte wiederholt sich. Die Barbaren sind gekommen, um den Finder des Schatzes zu töten. Genau wie damals. Es geht hier um Dinge, die älter sind, als wir uns vorstellen können. Nichts geschieht ohne Grund. Alles, was wir tun, hat seinen Kontext im Vergangenen. Sie verstehen mich nicht, Herr Kommissar? Es ist ganz einfach. Es geht hier um Mord.

Ich soll erzählen, wie alles angefangen hat. Das war an einem heißen Tag Ende August 1980 in meinem Heimatdorf Verestó, wo ich eben draußen im Garten war. Ich weiß es noch, als wäre es heute gewesen.

Sie waren zu zweit, ich kann mich genau an ihre Gesichter erinnern. Es waren keine guten Gesichter. Der eine war Soldat in Uniform vom Rang eines Feldwebels, der andere in Zivil. Ob Róbert zu Hause sei. Sie suchten ihn dringend.

Er hatte Dienstûrlaub und war bei meinem Cousin drüben in Nachbardorf, um ihm beim Rebenbeschneiden zu helfen, aber das behielt ich für mich. Diese Männer gefielen mir nicht. Sie gingen, ohne Namen zu hinterlassen.

Mein Sohn Robi war erst ein paar Monate in der Armee. Er hatte eben sein Studium als Straßenbauingenieur beendet, und die Armee, die Studenten aus geburtenstarken Jahrgängen oft zugunsten der körperlich robusteren Arbeiter- und Bauernsöhne laufen ließ, brauchte Ingenieure wie ihn.

Als Junge arbeitete Robi in den Sommer- und später in den Semesterferien im Steinbruch hinter unserem Dorf, den kannte er wie seine Hosentasche. Man stieß dort immer wieder auf altes Zeug, nicht alt oder wertvoll genug, dass es die Behörden interessiert hätte, aber genug, um mit Gleichgesinnten zu tauschen. Robi liebte alte Sachen, schon als Junge hatte er eine Münzsammlung. Und im Lauf der Jahre fand er immer mehr, das er gegen Münzen tauschen konnte, Uniformknöpfe aus dem Ersten Weltkrieg etwa, eine Gürtelschnalle aus der Türkenzeit, einmal fand er einen rostigen Dolch. Robi galt in diesen Dingen fast schon als Experte, immer wenn die Arbeiter etwas fanden, brachten sie es ihm und wollten seine Meinung hören. Wenn man es verkaufen konnte, verkaufte er es für sie. Robi hatte seine Kontakte.

Als er wenige Tage später zurückkam, verhielt Robi sich seltsam. Er sagte, ihm sei nicht gut, er wolle in seinem Zimmer bleiben. Es war, als versteckte er sich, das tat er sonst nie, so war er nicht. Als ich ihm die beiden Männer beschrieb, die nach ihm gefragt hatten, packte er sofort wieder seine Sachen. Mach dir keine Sorgen, *anyu*, sagte er noch, ich komme bald zurück. Ich sah ihm an, dass er Angst hatte.

Da sah ich meinen Sohn zum letzten Mal.

Am selben Abend geschah die Sache, die in die Dorfgeschichte einging und von der die Leute heute noch reden, besonders in Anbetracht der Geschehnisse danach. Man erzählt sich, dass Robi in Begleitung zweier Fremder in die Dorfkneipe kam, eines Gedrungenen in Uniform und eines Kräftigen in Zivil. Also hatten sie ihn doch gefunden. Sie tranken zusammen ein paar Gläser und unterhielten sich gedämpft, aber nicht wie alte Bekannte. Und dann fing Robi an, Lokalrunden auszugeben. Um die Kneipe herum spielte die übliche Horde Kinder, Robi kannte sie alle beim Namen und rief sie durchs Fenster herein. Dann kaufte er alle Süßigkeiten, die da waren, und verteilte sie unter ihnen. Große Begeisterung, die Kinder rannten mit vollen Taschen nach Hause, und schon bald darauf kamen auch ihre Eltern an. Der Raum füllte sich rapide. Mehr Lokalrunden. Alle rätselten, woher er nur das viele Geld dazu hatte, aber irgendwann hörten sie auf zu rätseln, die allgemeine Stimmung ließ keinen klaren Gedanken mehr zu.

Robi ließ das Onkelchen holen, das ab und an in der Kneipe für ein paar Dezi Roten Akkordeon spielt, und steckte ihm einen großen Schein in die Westentasche. Ab da gab es Tanz. Tische wurden hektisch beiseite gerückt, und ein paar von den Männern liefen nach Hause, holten ihre Instrumente und trommelten die übrigen Mitglieder der Dorfkapelle zusammen. Da gab es kein Halten mehr. Die Tanzfläche war bald zu eng, die Tanzenden stiegen auf die Tische und tanzten dort weiter. Auch die Dorfkapelle bekam von Robi ein fürstliches Trinkgeld. Darauf nahmen die Musiker ihn singend auf die Schultern und trugen ihn zur Tür hinaus, die ganze Meute hinterher.

Singend und grölend zogen sie um die Kneipe herum, immer rundherum, und dann hielt der Zug auf dem Platz. Robi kletterte auf das Denkmal des Sowjetischen Soldaten, völlig betrunken, lachte und winkte. Einigen Quellen zufolge soll er gerufen haben: »Ich bin der König von Verestó! Ich hab Geld wie Heu!« Andere Quellen berichteten mir verschämt, er habe das Denkmal angepisst. Wie auch immer, die betrunkene Meute schrie und winkte begeistert, niemand machte sich Gedanken um ein Nachspiel, und wie sich später herausstellte, gab es auch keines, denn unsere beiden Dorfpolizisten waren eben auswärts.

Diese denkwürdige Feier dauerte bis spät in die Nacht. Und irgendwann, niemand wusste mehr, wann und wie, nahmen die beiden Fremden Robi in die Mitte und verschwanden mit ihm.

Am nächsten Tag erwachte das Dorf mit kollektivem Kater zum Mittagsläuten, und später, als die Polizei die Dorfbewohner befragte, waren die Beschreibungen der Ereignisse sowie der beiden Fremden alles andere als eindeutig.

Die Kinder wurden nicht befragt.

Ich habe seither lange überlegt, warum Robi so etwas getan hatte. Es war absolut untypisch, klang so gar nicht nach ihm. Zum Beispiel trank er überhaupt nicht. Im Dorf kursierten die irrsinnigsten Spekulationen. Dass Robi einen Lottogewinn vorschützte, um einem Mädchen Eindruck zu machen, das nichts von ihm wissen wollte, ist nur eine davon.

Ich bin zu dem Schluss gekommen, dass Robi das alles in erster Linie tat, um Aufmerksamkeit zu erregen. Diese beiden Typen hatten etwas vor mit ihm, und er wollte mit ihnen nicht alleine sein. Ich kann mir sogar vorstellen, dass er auf eine Verhaftung spekulierte, um von ihnen wegzukommen. Der König von Verestó zu sein war seine Lebensversicherung.

Aber wie gesagt, das reimte ich mir erst später zusammen, und als ich es der Polizei erzählte, lachten sie mich aus.

Robi blieb verschwunden. Ich war fast verrückt vor Angst um ihn, normalerweise sagte er mir immer, wo er war. Nach einer Woche war sein Diensturlaub vorbei, wieder klopften Uniformierte an die Tür und suchten nach ihm. Ich beteuerte, dass ihm etwas zugestoßen sein musste. Beschrieb ihnen die beiden Fremden, erntete nur Achselzucken. Formulare wurden ausgefüllt und abgestempelt. Robi galt nun als fahnenflüchtig. Man sagte mir, mein Sohn habe mit großen Problemen zu rechnen.

Kurze Zeit später wurden drüben im Steinbruch Sprengarbeiten fällig. Nachdem das Gelände vermint war, machten sich einige Arbeiter daran, die unmittelbare Gegend noch einmal abzugehen, um sich zu versichern, dass sich niemand mehr dort aufhielt. Es war früher eine Weingegend gewesen, die nun brachlag. Etliche Kilometer ödes Niemandsland, in denen es immer noch viele verlassene Weinkeller gibt, ins Erdreich gegraben und übermauert, manche schon eingestürzt, manche noch intakt. Laut Vorschrift mussten die Arbeiter alle Keller in einem bestimmten Umkreis vor der Sprengung noch einmal kontrollieren.

Und da fanden sie ihn.

Er hatte sich mit seiner Dienstpistole in den Kopf geschossen.

Da Robi Soldat war, war die Armee für die Ermittlungen zuständig. Das hatte zweierlei Konsequenzen. Zum einen gehörten solche Untersuchungen nicht zu den Routineaufgaben der Armee, darum fielen die Ermittlungen nicht sehr gründlich aus. Zum anderen war für sie ausgeschlossen, dass Robis Tod irgendetwas mit seinem Militärdienst zu tun hatte. Der Feldwebel, der ihn kurz vor seinem Verschwinden gesucht hatte, interessierte sie nicht.

Mein Sohn wurde fotografiert, abtransportiert und obduziert, und wenig später kam der Befund: Selbstmord.

Es war aberwitzig. Robi war alles andere als depressiv, er hatte einen glänzenden Abschluss gemacht, keine ernsten Geldsorgen und war glücklich verliebt. Sobald er den Militärdienst hinter sich hatte, wollten er und seine Verlobte heiraten.

Auch wenn in den nächsten Jahren niemand mehr zu mir hielt, an Robis Selbstmord glaubte ich keine einzige Minute.

Hajnal Szatmári

Rita hat den Tod ihres Sohnes nie verkraftet. Ein Vierteljahrhundert trägt sie das schon mit sich herum. Alles, was ich wollte, war Rita helfen. Das müssen Sie mir glauben.

Damit Sie das alles verstehen, muss ich etwas ausholen. Zum Beispiel muss ich erklären, was ich beruflich mache, auch wenn es für Sie sicher etwas seltsam klingt. Rita und ich haben viel miteinander zu tun, ich male für ihre Meditationsgruppen. Dort entsteht eine Stimmung oder ein Thema, das sich durch mich in einem Bild manifestiert, das wiederum ist dann der Ausgangspunkt für die nächste Meditationssitzung, wo wieder etwas Neues entsteht, und so weiter. So lässt sich der Gruppenprozess mit der Zeit über eine Reihe an Bildern verfolgen. Aus den Meditationsgruppen kommen auch die meisten Einzelbestellungen. Davon lebe ich seit fast zehn Jahren, das wissen Sie ja schon.

Was sagen Sie? Worauf ich hinauswill? Ich komme gleich drauf. Jedenfalls, als wir uns kennen gelernt hatten, waren Rita und ich uns sofort sympathisch. Sie hat gleich ein Bild bei mir bestellt, für sich. Damals wusste ich noch nicht, was mit ihr los war. Aber im Bild kam es heraus, als das fertig war, bin ich wirklich erschrocken. Ich male sonst sehr bunt. Aber Ritas Bild kam mit nur drei Farben aus, Schwarz, Weiß und Rot, den Elementarfarben der Göttin. Jugend, Reife, Weisheit. Mädchen, Frau und Alte.

Ja, ich weiß, das interessiert Sie nicht besonders, jedenfalls ist das eine sehr elementare Farbkombination, die starke Assoziationen hervorruft und dementsprechend instrumentalisiert wurde, denken Sie nur an die Hakenkreuzflaggen der Nazis. Wissen Sie, was ich meine? Schwarz-Weiß, Leben und Tod, Un-Farben eigentlich, plus Rot. Rot wie Blut. Elementarer geht's fast nicht. Das war also sehr unüblich. Und dann male ich normalerweise runde, organische Formen, aber in diesem Bild waren fast nur gerade Linien und Kanten drin, wie Messerklingen oder scharfkantige Kristalle. Spitzig, zackig, aggressiv. Das einzig Organische war eine weiße Maske mit Ritas Gesicht als junger Frau, ganz leblos, fast wie eine Totenmaske. Ich habe Gänsehaut bekommen. Ritas Bild war ein Abgrund an Schmerz und Verzweiflung und Hass, eine klaffende Wunde, und ich sagte zu ihr: Rita, du musst was tun! Was ist das da in dir drin? So was muss man ernst nehmen, du trägst da was mit dir herum, was dich mit der Zeit auffrisst! Tust du nichts, hast du in ein paar Jahren einen Tumor.

Réka war von dem Bild auch völlig erschrocken. Sie wusste zwar, dass Rita diese andere Seite hat – die beiden waren immer sehr eng miteinander, Rita hängt sehr an Réka, manchmal wird ihr das etwas zu viel, deshalb ist sie letztlich dort ausgezogen –, aber diese Untiefen waren auch ihr neu.

Rita gefiel ihr Bild. Sie sah es sich lange an und sagte, genau so sähe es in ihr aus. Es hängt immer noch bei ihr in Visegrád im Wohnzimmer. Für mich war es keine Frage, wir mussten ihr einfach helfen.

Worauf ich damit hinauswill? Aber das sage ich Ihnen doch! Sie müssen den Hintergrund kennen, sonst verstehen Sie's nicht. Nur den wesentlichen Punkt wollen Sie wissen? Na gut. Naomi sollte den Kelch sehen. Darum ging es gestern Abend. Das war es, was wir dort machten. Sind Sie jetzt schlauer, Herr Kommissar?

Réka Aschenbrenner

Ich weiß nicht, wie ich je wieder in den Spiegel schauen soll. Tante Rita sagt, es war ein Unfall und hätte jede von uns treffen können. Da hat sie wohl Recht, aber wir haben Naomi in diese Situation gebracht, wegen uns war sie dort, letztendlich ist es unsere Schuld, wir haben sie auf dem Gewissen.

Dass Tante Rita irgendwie seltsam war, wusste ich schon, seit ich ganz klein war.

Irgendwas Furchtbares war mit ihrem Sohn geschehen, seither war sie nicht mehr die Alte. Das sagte mein Vater, Tante Ritas jüngerer Bruder. Am Anfang stand die Familie noch hinter ihr, aber als ich etwas älter war, drückten meine Eltern sich nicht mehr so vorsichtig aus, denn inzwischen war Tante Rita häufiger Anlass für Ehekräche. »Rita hat Recht, sie kann es nur nicht beweisen«, sagte mein Vater, und meine Mutter meinte: »Genau das ist es, sie hat nichts in der Hand, und sie wird uns allen noch großen Ärger machen. Irgendwann nehmen die sie mit und sperren sie ein, und dann stehen wir schön da.«

»Die«, das fand ich nach und nach heraus, waren die Behörden, Militärpolizei und Kripo. Bei denen war Tante Rita unermüdlich vorstellig, wollte erreichen, dass neu untersucht würde, was damals mit ihrem Sohn Robi passiert war. Ihre Anträge wurden jedoch regelmäßig abgeschmettert. Die Armee sah sie als unbegründet an, die Polizei bestritt jede Zuständigkeit. Im Klartext, Robis Tod interessierte keinen.

Mit der Zeit fand die Familie sich mehr oder weniger damit ab. Damals war es riskant, bei »denen« Gerechtigkeit einzufordern. Es war besser, sich bedeckt zu halten und nicht aufzufallen, denn wenn »die« erst mal anfingen, sich für einen zu interessieren, fanden sie garantiert irgendwas, das ihnen nicht passte. Wenn also irgendjemand aus der Familie oder gar unserem Dorf in Zukunft Probleme mit den Behörden bekäme, wäre daran mit Sicherheit Tante Rita schuld. Im Dorf gab es Gerüchte, dass »die« bereits genervt Erkundigungen über sie einholten. Da konnten sie nicht viel finden, sie war lediglich eine geschiedene Apothekenhelferin. Aber ein paar Leute im Dorf hatten Geschäfte laufen, denen übermäßiges Interesse der Behörden nicht gut getan hätte.

Innerhalb weniger Jahre hatte sich Tante Rita in unserem Dorf ausgesprochen unpopulär gemacht. Die Erwachsenen mieden sie, und damit war sie für die Kinder zum Abschuss freigegeben. Bei denen galt sie als Dorfhexe, allein stehend, wunderlich, umgeben von einem schrecklichen Geheimnis. Ich weiß noch, einmal ging ich an ihrem Haus vorbei, da war ich etwa zehn. Eine Horde Kinder war durch ihren Gemüsegarten getrampelt und in ihre Aprikosenbäume eingefallen, als sie gerade unten im Laden war. Ich sah zu und schämte mich, aber für *sie*, weil sie so seltsam war und uns so viel Ärger machte.

Vermutlich liefen im Dorf noch ganz andere Dinge, von denen ich nichts mitbekam, jedenfalls zog Tante Rita wenig später nach Budapest hoch, und alle waren zufrieden.

Das war kurz vor der Wende. Und 1996 war ich achtzehn und hatte plötzlich kein Zuhause mehr. Meine Freundin und ich wurden zusammen erwischt, und Verestó, unser Dorf, hatte seinen fetten Skandal. Mädchen, die es miteinander trieben. Wie ekelhaft. Meine Eltern waren noch nie besonders weltoffen gewesen, sie machten mir eine riesige Szene und schmissen mich hochkant raus. Ildi, meiner Freundin, ging es ähnlich. Wir überlegten, ob wir zusammen den Freitod wählen oder unser Glück in der Stadt versuchen sollten. Da fiel mir Tante Rita wieder ein. Sie war zwar seltsam, dachte ich, aber sie war eine Ausgestoßene wie wir, vielleicht würde sie uns helfen.

Den ganzen Tag waren wir zwei kleinen Landeier per Anhalter unterwegs. Ohne Geld, ohne was zu essen. Ein paar komische Typen haben uns mitgenommen, aber passiert ist uns zum Glück nichts. In der Stadt angekommen, wussten wir erst einmal nicht wohin, alles war so groß und so anders, wir verirrten uns ein paarmal, es war sehr abenteuerlich, und als wir dann endlich gegen Mitternacht völlig erschöpft und ausgehungert bei Tante Rita vor der Tür standen, beteten wir, dass sie uns nicht sofort rausschmiss, dass wenigstens eine Übernachtung für uns drin war.

Tante Rita hatte schon auf uns gewartet. Auf dem Herd stand unser Abendessen, im Wohnzimmer stand die Couch mit frischem Bettzeug bereit. Tante Rita sah ganz anders aus, als ich sie in Erinnerung hatte, städtisch-elegant, für eine Frau in ihrem Alter hatte sie sich wirklich gut gehalten und strahlte eine unglaubliche Energie und Tatkraft aus. Später erfuhr ich, dass sie einen Freund hatte, er arbeitete beim Innenministerium.

Mein Vater hatte sie angerufen, sagte Tante Rita, sie hatten sich wegen mir sofort verkracht. Wie er so etwas habe tun können, sagte sie, war ihr unbegreiflich. Das eigene Kind.

Wir konnten nicht nur bei ihr übernachten, sondern zogen gleich ein bei ihr. In den nächsten Wochen half sie uns, Arbeit zu finden, ermutigte uns, die Aufnahmeprüfung an der Uni zu machen, kurz, sie kümmerte sich um alles und machte dabei keinen Unterschied zwischen Ildi und mir. Wir dachten, wir seien im Paradies gelandet.

Aber die ganze Sache setzte uns natürlich zu. Nach ein paar Monaten hatte Ildi eine neue Freundin und zog aus. Ich war auf der Uni genommen worden und blieb bei Tante Rita wohnen.

Tante Rita und ich kamen total gut miteinander klar, ihr Freund Géza machte mir auch nie Probleme. Als ich Hajni getroffen habe, war Tante Rita sofort von ihr angetan. Hajni war so ganz anders als alle, die ich kannte. Sie pfeift auf Konventionen, macht einfach ihr Ding, auch wenn viele sie für etwas abgedreht halten. Sie hat diese Gabe und damit hilft sie Leuten, und wem das nicht passt, kann ihr gestohlen bleiben. Das hat mir an ihr imponiert. Und gleichzeitig ist sie komplett undogmatisch. Sie ist die toleranteste Person, die ich kenne. Seit wir zusammen sind, hab ich so viel über mich selbst gelernt wie in den letzten zehn Jahren nicht. Und Hajni sagt, ihr geht es mit mir ähnlich.

Wir wollten zusammenziehen, und Tante Rita half uns, was Bezahlbares zu finden. Eine Bekannte von ihr im zweiten Bezirk hatte zufällig eine Einliegerwohnung frei, die haben wir uns zusammen hergerichtet. Das war ungefähr zu der Zeit, als Tante Rita nach Visegrád gezogen ist, weil sie die Stadt nicht mehr ertragen konnte. Hajnal meint, das sagt sie nur so. Mein Auszug hat sie schwer mitgenommen, deshalb brauchte sie einen Ortswechsel. Tante Rita hängt sehr an mir. Ich auch an ihr, aber irgendwann will man halt einfach sein eigenes Leben.

Neben dem Studium hab ich angefangen, mich für Webdesign zu interessieren, und bald nebenbei einen Job als Webdesignerin gehabt. Für Tante Rita war das Internet die tollste Erfindung des 20. Jahrhunderts. Nachdem ich mir mal Zeit genommen und ihr erklärt hatte, was das genau ist, womit ich meine Brötchen verdiene, wie das Internet funktioniert und was man alles damit anstellen kann, hat sie sich prompt einen PC zugelegt und sich von mir zeigen lassen, wie Suchmaschinen funktionieren. Ab da war sie mit ihrem PC verheiratet. Sagte Géza.

Eines Abends, das war etwa vor vier Jahren, hat Tante Rita mich angerufen. Sie war ganz fertig und meinte, sie bräuchte mich, ihr Englisch reiche einfach nicht aus. Ob ich vorbeikommen und ihr helfen könnte, sie suche einen Mann. Ich hab natürlich gegrinst und gefragt, ob ihr Géza davon weiß, und dass sie aufpassen soll, heiratswillige Damen aus Osteuropa, die im Internet Männer aus dem Westen suchen, enden meist als Prostituierte, und da hat sie mich richtig angezischt, sie war nicht zu Späßen aufgelegt.

»Komm rüber«, sagte sie, »jetzt gleich. Ich muss dir was erzählen.«

Rita Molnár

Das Schlimmste war diese Machtlosigkeit. Jahrelang nichts tun zu können. Aber nach der Wende kam endlich meine Chance. Ich lebte mittlerweile in Budapest mit einem Mann zusammen, der gute Kontakte ins neue Polizeipräsidium hatte, so konnte ich nach zehn Jahren endlich Akteneinsicht beantragen. Und wie ich erwartet hatte, kamen diverse Ungereimtheiten ans Licht. Indizien deuteten auf die Anwesenheit mehrerer Personen im Weinkeller hin.

Die Fotos waren zwar schlecht, aber man konnte auf dem Lehmboden eindeutig frische Stiefelabdrücke mit Profilsohlen erkennen. Robi, der in Zivil war, trug Halbschuhe.

Dann war in der Kellerecke kürzlich ein großes Loch gegraben und wieder zugeschüttet worden, jedoch lagen keinerlei Werkzeuge wie Spaten oder Spitzhacken herum, und das dunkle Lehmviereck war gesäumt von Zigarettenstummeln. Robi rauchte nicht.

Und dann war da die Position der Waffe. Robis Körperstellung zufolge war er nach dem Schuss zusammengesackt und seitlich auf die rechte Schulter gefallen, wodurch die Pistole sich aus seiner Hand hätte lösen müssen. Auf den Tatortfotos hatte Robi die Waffe jedoch in der Hand.

Das gab den Ausschlag. Im Juni 1990 wurde Robis Tod offiziell zum Mord erklärt und die Untersuchung wieder aufgenommen.

1990 war, wie Sie wissen, auch das Jahr des Pelsoschatzes. Er hat damals das ganze Land verrückt gemacht. Soll ich das hier auch zu Protokoll geben? Kurz umreißen? Nun gut.

Beim New Yorker Auktionshaus Sotheby's war 1990 ein antiker Silberschatz zur Auktion angeboten worden, dreiundzwanzig Silbergefäße, Kannen, Prunkteller und Trinkschalen von atemberaubender Schönheit und unglaublicher Kunstfertigkeit. Der Schatz, übereinstimmend datiert auf das 4. Jahrhundert A.D., war vermutlich ein Hochzeitsgeschenk für einen hochrangigen Würdenträger des römischen Reiches. Auf einigen Stücken befindet sich neben der Gravur einer Villa am Ufer eines Sees die Inschrift PELSO. Die Gruppe wurde deshalb allgemein als »Pelsoschatz« bekannt. 1990 betrug ihr Schätzwert zirka dreißig Millionen Dollar. Wie viel er heute wert wäre, nun, das kann man sich vorstellen.

Ungarische Archäologen horchten damals sofort auf. Denn im Budapester Nationalmuseum gibt es zwei verwandte Stücke, einen Dreifuß aus versilbertem Messing und das Fragment einer ziselierten Silberkanne. Die Abnutzungsspuren des Dreifußes deuteten darauf hin, dass er als Ständer für Silberteller ungewöhnlicher Größe gedient hatte, und obgleich das Kannenfragment in sehr schlechtem Zustand war, war eindeutig, dass seine Ornamente denen der New Yorker Stücke zum Verwechseln ähnlich sahen. Das war eine absolute Sensation, die ungarischen Medien standen Kopf vor Aufregung. Dreifuß und Kannenfragment waren im neunzehnten Jahrhundert von einem Bauern beim Pflügen gefunden worden – und zwar in meinem Dorf, in Verestó.

Das Ungarische Nationalmuseum erkundigte sich umgehend bei Sotheby's über die Herkunft der angebotenen Stücke. Die Experten von Sotheby's fanden die Frage berechtigt und sahen sich die Begleitpapiere noch einmal genau an. Laut beigefügten Gutachten eines international renommierten englischen sowie eines weniger bekannten ägyptischen Wissenschaftlers stammte der Schatz aus dem heutigen Libyen. Es lag ihm eine Ausfuhrerlaubnis der libyschen Regierung bei, die jedoch, und das stellte sich jetzt nach sorgfältiger Prüfung heraus, eine Fälschung war. Sotheby's setzte die Auktion sofort aus, internationale Geheimdienste wurden aktiv, und bald stand fest, der Privatgelehrte aus Kairo war eindeutig bestochen worden. Bei der englischen Koryphäe war der Nachweis schwieriger, das zog die Sache etwa drei Monate in die Länge. Dann fand man auf einem Schweizer Nummernkonto der Geliebten des englischen Professors eine bedeutende Summe ungeklärter Herkunft.

Damit galt die Herkunft des Schatzes als unzureichend

dokumentiert, seine Besitzverhältnisse waren somit unklar. Sotheby's zog die Auktion zurück. Was sollte nun mit dem Schatz geschehen?

Zwei Staaten beanspruchten ihn umgehend als ihr legitimes nationales Eigentum: Libyen und Ungarn. Ein Gerichtsprozess, der viel internationales Aufsehen erregte, sollte seine Herkunft ein für alle Mal klären. Jedoch gab es Unstimmigkeiten, angeblich hatten diverse Geheimdienste ihre Finger im Spiel. Wichtige Zeugen verschwanden oder wurden nicht gehört (so musste auch die gesamte ungarische Delegation unverrichteter Dinge wieder abreisen), und der Prozess blieb letztlich ergebnislos. Seither gelten die Stücke als unverkäuflich, und der englische Lord, der den Schatz vor Jahren in gutem Glauben für eine astronomische Summe erworben und sich von der Versteigerung bei Sotheby's einen enormen Gewinn versprochen hatte, blieb auf ihnen sitzen.

Diese Geschichte hatte alles, um unser Fernsehpublikum zu fesseln. Ein Schatz von unermesslichem Wert, internationale Kriminalität, Spione und Intrigen, womöglich sogar Mord. Und nicht zuletzt ging es um unseren verletzten Nationalstolz. Wie so oft in seiner Geschichte wurde unserem kleinen Land wieder einmal Unrecht angetan, bereicherten sich andere an Dingen, die eigentlich uns zustanden. Etliche Fernsehsendungen wurden produziert, das Thema beherrschte einige Wochen lang auch die ungarischen Printmedien.

Mich interessierte die Sache nicht besonders, ich hätte nicht weiter darauf geachtet, aber eines Abends saß ich mit meiner Bügelwäsche vor dem Fernseher, und wieder einmal ging es um den Pelsoschatz. Ein uralter Wissenschaftler erzählte einem Journalisten, vor etwa zehn Jahren habe er ein Foto des Schatzes gesehen, hier, in Ungarn, er habe ihn aus dem Fernsehen eindeutig wiedererkannt. Zwei Männer hatten ihm das Foto zur Begutachtung vorgelegt.

Das war eine Sensation.

Der Wissenschaftler hatte die Silbergefäße sofort als sehr hochwertig erkannt und dies den beiden Männern auch gesagt, aber ihm war klar, dass es sich um Hehlerware handelte, und er hatte vor, die Behörden in Kenntnis zu setzen. Darum sagte er den beiden Männern, dass er die Stücke im Original sehen müsste, bevor er imstande sei, ihnen einen korrekten Schätzwert zu geben. Darauf hatten sich die beiden Männer schnell verabschiedet und nie wieder gemeldet. Dies hatte er auch der Polizei zu Protokoll gegeben, die er unmittelbar verständigte.

Ein Journalist, der im Vorfeld für die Sendung recherchierte, war der Aussage des betagten Mannes nachgegangen und hatte alte Polizeiakten gewälzt, bis er das Protokoll seiner Aussage fand. Wie sich herausstellte, war sie Anlass für eine gründliche polizeiliche Untersuchung gewesen. Die beiden Männer hatten natürlich falsche Namen angegeben und konnten nicht identifiziert werden. Aber im Dezember 1980 hatte ein Mann namens Antal Győrki gegen einen Kumpanen Anzeige erstattet. Sein Freund aus Kindertagen sollte einen Silberschatz außer Landes geschafft haben, den sie zusammen gefunden hätten. Er beschrieb detailliert kunstvoll ziselierte Kannen und Teller und wie der Schmuggel vor sich gegangen sein sollte. Der Beschuldigte war im Weinexport tätig. Er hatte die Ware in einem metallenen Hundertlitertank eingeschweißt und so mit einer der üblichen Lieferungen im Laster über die österreichische Grenze schaffen lassen. Er selbst war kurz darauf nach Wien gefahren und von dieser Reise seither nicht zurückgekehrt.

Antal Győrki, der offenbar nicht der Hellste war, wurde sofort der Beihilfe bezichtigt und verhaftet. Nachgewiesen werden konnte ihm nichts, nach ein paar Monaten ließen sie ihn wieder laufen, aber seine Karriere als Berufssoldat war damit zu Ende. Einige Jahre später starb er an Krebs.

Die Untersuchung konzentrierte sich auf die Familie des Beschuldigten, einige Familienmitglieder wurden verhört, aber schienen von nichts zu wissen. Der mutmaßliche Dieb war sowieso über alle Berge, und nach einem Jahr wurden die Ermittlungen wieder eingestellt.

Die wirkliche Sensation an dieser Geschichte war das Foto. Antal Győrki hatte der Polizei damals als Beweis seiner Anklage ein Foto vorgelegt, das immer noch in der Akte lag, als der Journalist sie fand. Die Gegenstände auf der amateurhaften und vergilbten Schwarzweißaufnahme, ein Teller, eine Kanne und ein Kelch vor einem dunklen Hintergrund, waren schlecht ausgeleuchtet und unscharf, aber sie sahen den Stücken des Pelsoschatzes verblüffend ähnlich.

Und dann erschien ein anderes Foto auf dem Bildschirm, ein altes Ausweisfoto von Antal Győrki, und schlagartig begann mein Herz zu rasen.

Ich kannte Antal Győrki. Er war der Feldwebel, der Robi vor seinem Tod gesucht hatte.

Und das war noch nicht alles.

Am nächsten Tag war das Foto des Schatzes in allen Zeitungen. Was auf dem Bildschirm wie ein dunkler Hintergrund ausgesehen hatte, war eine alte Segeltuchtasche mit ledernen Griffen. Ich kannte diese Tasche. Der Reißverschluss war kaputt, ein Griff mit dicker Hanfschnur repariert, an einer Seite war ein Riss im Leinen mit schwarzem Faden vernäht worden.

Die Tasche hatte meinem Mann gehört. Seit unserer Scheidung in den Siebzigern hatte sie mit anderem alten Kram auf dem Dachboden unseres Hauses in Verestó gelegen.

Der Einzige, der sie vor zehn Jahren von dort fortgenommen haben konnte, war mein Sohn Robi.

Réka Aschenbrenner

Tante Rita hat mir an jenem Abend eröffnet, dass sie den Mord an ihrem Sohn Robi gelöst hätte und versuchen wollte, den Mörder seiner gerechten Strafe zuzuführen.

Da war ich erst mal platt. Seit ich damals bei ihr eingezogen war, hatte sie ständig versucht, mir von Robi zu erzählen. Am Anfang hat's mich noch interessiert, aber dann wurde mir klar, das ist eine fixe Idee, Tante Rita reibt sich auf im Kampf für eine verlorene Sache, und je weniger wir drüber reden, desto besser, es regt sie nur auf.

Was sie mir dann an jenem Abend erzählte, hat mich umgehauen.

Tante Rita war felsenfest der Ansicht, Robi hätte den Pelsoschatz im Steinbruch von Verestó gefunden und in einem abgelegenen Weinkeller versteckt. Dann machte er seinen Militärdienst, und irgendwie bekam ein Feldwebel namens Antal Győrki Wind von Robis Entdeckung. Robi wollte den Schatz verkaufen und suchte bei der Armee nach Kontakten zu Leuten, die sich so was leisten konnten. Aber er hat sich mit den Falschen angelegt. Als Robi Diensturlaub hatte, fuhren ihm Győrki und ein Kumpan hinterher und fanden ihn schließlich in Verestó. Gaben ihm einen Vorschuss auf die Ware, mit dem er dann das ganze Dorf unterhielt. Dann nahmen sie ihn mit. Er führte sie zum Schatz, und dort erschossen sie ihn und nahmen den Schatz mit. Der Kumpan schaffte den Schatz nach Österreich und ward seither nicht mehr gesehen.

Győrki, der als Soldat erst vier Jahre nach seiner Entlassung aus der Armee überhaupt eine Chance auf einen Pass gehabt hätte, vertraute seinem Kumpan offenbar blind und begnügte sich mit einem Foto als Sicherheit. Vermutlich rechnete er mit seinem Anteil auf einem Wiener Bankkonto und guten Zinsen für seinen Ruhestand. Als der Kumpan dann aber nichts mehr von sich hören ließ, denunzierte er ihn auf der Basis des Fotos. Damit brachte er die Untersuchungen zum Ursprung des Pelsoschatzes in den 90ern extrem voran. Győrki war schon tot. Laut Tante Rita hatte ihn seine gerechte Strafe ereilt, er war an Krebs gestorben. Aber sein Kumpan lebte noch, in New York, und das nicht schlecht. Tante Ritas Géza im Innenministerium hatte Verbindungen. Sie wusste relativ bald, dass er seinen Namen änderte und einen amerikanischen Pass bekam.

Und das war der Punkt, an dem sie alleine nicht weiterkam. Ob ich ihr helfen würde, hat sie gefragt. Sie sagte, ich war die Einzige in der Familie, die immer zu ihr gehalten hatte und sie nicht für eine Spinnerin hielt. Robis Mörder lief nach wie vor frei rum, seit zwanzig Jahren täte sie abends kein Auge zu, ohne an ihn zu denken.

Hajnal hat gesagt, wenn Tante Rita so weitermacht, ohne dass sie irgendwie über diese Sache wegkommt, kriegt sie Krebs. Natürlich wollte ich ihr helfen.

Ab da haben Tante Rita und ich die Karriere von Alfréd Vígh alias Fred Victor gemeinsam übers Internet verfolgt. Er war Kunstagent geworden, stinkreich, es gab jede Menge Text über ihn, aber keine Fotos. Die zu finden war Detektivarbeit. Auf seiner Firmenseite ist eine Liste der Künstler, die er vertritt, er vermittelt vor allem so großformatiges Zeug und Installationen an große Unternehmen. »Fred Victor, Mittler zwischen Kunst und Business«, grauenvoll.

Wir haben uns die Künstler einzeln vorgenommen, Ausstellungseröffnungen, spektakuläre Verkäufe, und auch die Kunstförderung und -akquise der einzelnen Unternehmen. Es hat eine Weile gedauert, aber dann wurden wir fündig. Ein Pressefoto zur Einweihung eines neuen Unternehmensgebäudes, gepflastert mit den Werken eines angesagten Malers. Vorstandschef schneidet ein Band durch, klatschendes Volk, Maler steht daneben, und ein kräftiger Grauhaariger legt ihm die Hand über die Schulter. Bildunterschrift und alles. Voilà.

Von der Art fanden wir noch ein paar mehr, die druckte Tante Rita sich aus und fuhr nach Jahren zum ersten Mal wieder runter nach Verestó.

Rita Molnár

Es gab im Dorf noch ein paar alte Bekannte. Ich verbrachte einen Vormittag damit, sie zu besuchen und über die Bewohner von damals und vor allem über die Kinder auszufragen. Was war aus ihnen geworden, wo waren sie jetzt? Einige waren fortgezogen, aber viele waren noch da, und am Spätnachmittag begann ich meine Runde im Dorf. Und es kam, wie ich vermutet hatte. Es waren die Kinder von damals, die sich am besten an die Ereignisse vor Robis Verschwinden erinnerten, sie hatte jedoch nie jemand gefragt. In der gesamten Dorfgeschichte von Verestó hatte niemand jemals so viele Süßigkeiten an Kinder verteilt wie Robi, dieser Abend war für etliche junge Bewohnerinnen und Bewohner von Verestó eines der denkwürdigsten Ereignisse ihrer Kindheit gewesen.

Ich zeigte meine Fotos herum, das alte von Antal Győrki und die neueren von Alfréd Vígh, und bis zum Abend hatte ich fünf Bewohner gefunden, die sich an die beiden erinnerten und auch bereit waren, das zu Protokoll zu geben.

Die Polizei zeigte sich von meinen Ermittlungen beeindruckt, und schon am nächsten Tag, das wissen Sie auch, Kommissar Bíró, kam ein Beamter der Budapester Mordkommission nach Verestó und nahm ihre Aussagen auf.

Das Jahr 2000 war ein denkwürdiges Jahr für Verestó, und auch für mich, denn es brachte uns der Herkunft des Pelsoschatzes wieder ein gutes Stück näher. Bei archäologischen Grabungen in der Nähe unseres alten Steinbruchs wurden nämlich die Fundamente einer römischen Villa gefunden. Römische Überreste gibt es in Ungarn überall, vom 1. bis 4. Jahrhundert war dieses Gebiet die römische Grenzprovinz Pannonia. Dort lebte eine keltisch-römisch-germanische Mischbevölkerung, die vor allem Landwirtschaft und Viehzucht betrieb und die römischen Städte und Militärlager mit Getreide, Vieh und Wein versorgte. Pannonias wichtigste Aufgabe war es, die reichen Städte Norditaliens vor den Barbaren abzuschirmen – von der einen Seite kamen germanische Stämme über die Donau, von der anderen Seite fielen immer wieder die Reiterhorden der Hunnen ein –, und das Reich ließ sich diesen Schutz etwas kosten. Die Besoldung für Militär und Beamte in Pannonia war sehr gut. Verdiente Militärs und Staatsdiener zogen sich nach ihrer Pensionierung als reiche Privatmänner auf lukrative Gutshöfe zurück, wie die Villa in Verestó wohl einer war.

Im 4. Jahrhundert wurde die Provinz von den Römern aufgegeben. Die Magyaren, von denen wir heute unser Selbstverständnis herleiten, hatten damit nichts zu tun, sie kamen dort erst fünfhundert Jahre später an.

Nach dem Aufsehen erregenden archäologischen Fund in Verestó ließ die Landesdenkmalbehörde Luftaufnahmen von der Gegend machen. Diese sorgten für die nächste Sensation: Die Villa war viel größer als angenommen. Ein Gebäude dieser Größe hatte man in Pannonia bislang nicht entdeckt. Ihr Besitzer musste ein außerordentlich hochrangiger Staatsdiener gewesen sein, so reich, dass er sich sogar eine eigene Flotte leisten konnte. Die Villa hatte ihre eigene Hafenbefestigung, im vierten Jahrhundert verlief das Nordufer des Balaton zehn Kilometer weiter nördlich.

Bei der Grabung kamen immer mehr indirekte Zeugnisse seines Reichtums und Kunstverstandes ans Licht, Fragmente reicher Mosaiken und Wandmalereien, Waffen und Gebrauchsgerät, aber keinerlei Wertgegenstände, wie man sie in einer so prunkvollen Villa vermuten würde. Wenig später wusste man auch, warum. Im Hof stieß man auf die Überreste von zirka 150 Skeletten, Männern, Frauen und Kindern, den forensischen Untersuchungen zufolge Opfer eines Massakers, erst einen Monat nach ihrem Tod hastig in einem Massengrab verscharrt.

Die Barbaren waren eingefallen, hatten keinen Stein auf dem anderen gelassen und den Bewohnern unaussprechlich Grausames angetan.

Sie waren enttäuscht gewesen.

Sie hatten mehr Beute erwartet.

Verestó heißt »Roter See«, jetzt konnte man sich auch vorstellen, woher dieser Name kam.

In meinem Heimatdorf gibt es schon lang keinen See mehr. Der Pelso, der heute Balaton oder Plattensee heißt, hat seine Konsequenzen gezogen und ist weitergewandert.

Nach dem Fund in Verestó sind die ungarischen Archäologen und das Ministerium für das Nationale Kulturelle Erbe nun endgültig davon überzeugt, dass der Pelsoschatz aus dem heutigen Ungarn stammt. Aber der englische Lord denkt natürlich nicht im Traum daran, den Schatz einer Regierung zu übergeben, die finanziell nicht imstande ist, ihn angemessen dafür zu entschädigen. Seither ist ein endloses Hin und Her. Ich weiß nicht warum, aber die Aufschrift »Pelso« und die Gravur der römischen Villa auf einigen Stücken des Schatzes gelten immer noch nicht als allgemein anerkannter Authentizitätsnachweis. Nur wenn bei den Grabungen in Verestó ein weiteres Stück auftauchen würde, hätte Ungarn genug in der Hand, um den Schatz für sich zu beanspruchen.

Ein neues Stück des Pelsoschatzes wäre Eigentum des ungarischen Staates und als solches unverkäuflich. Aber im Gegensatz zu den bekannten Stücken wäre es auf dem Schwarzmarkt eine astronomische Summe wert, gesetzt den Fall, seine Entdeckung wäre diskret vor sich gegangen und könnte verschleiert werden. Der libyschen Regierung und dem englischen Lord war mit Sicherheit daran gelegen, ein solches Stück, das ihnen den Schatz für immer aus der Hand nehmen würde, unbemerkt zu unterschlagen. Mit etwas Fälschungsaufwand könnte sein Fundort dann als Libyen angegeben werden, ein Land, das durchaus imstande ist, den englischen Lord angemessen auszubezahlen. Im Vergleich zum unermesslichen Wert des Schatzes wäre die Investition in ein solches Einzelstück, sowohl für den Lord als auch für die libysche Regierung, also durchaus lohnend.

Die Grabungen in Verestó gingen voran, und nichts wurde gefunden.

So kam ich auf meinen Plan.

Ich stand schon seit Jahren mit Ihrem Vorgänger Kommissar Péterffi in Verbindung, der Robis Fall bearbeitete und der letztes Jahr in Rente ging. Er hat meine Aktivitäten mit großem Interesse verfolgt, aber sagte mir auch, dass all meine Indizien nicht ausreichten, um einen bislang unbescholtenen amerikanischen Staatsbürger nach Ungarn zum Verhör zu zitieren. Und mir rann die Zeit unter den Händen davon. Das Jahr 2004 brach an, ich hatte immer noch nichts Eindeutiges in der Hand. Noch ein Jahr und Robis Mord wäre verjährt, die Ermittlungen würden wieder eingestellt, und zwar auf immer. Ich musste etwas tun.

Hajnal Szatmári

Anfang des Jahres bat Rita mich wieder um ein Bild. Aber im Gegensatz zum letzten Mal hatte sie ganz konkrete Vorstellungen, was drauf sein sollte. Ein Kelch, ein See mit einem römischen Tempel, ein Dolch und sie selbst als junge Frau, in der Silhouette. Darüber eine lateinische Inschrift, und Szeklerrunen seitlich. Es sollte »Die Wächterin« heißen. Das Bild wurde, bis auf den Rand, wieder schwarz-weiß-rot, aber es war keine klaffende Wunde mehr wie einst, sondern es steckte ein Konzept dahinter, eine Vision. »Die Wächterin« ist ein stolzes, drohendes Bild geworden. Ich fand sie selber ganz gut gelungen, nur ihre Aggressivität machte mir Sorgen. Rita fand das Bild hervorragend, genau wie sie es sich vorgestellt hatte. Sie eröffnete uns, dass sie einen Plan hätte. Einen sehr merkwürdigen Plan, aber er machte Sinn und klang durchführbar. Réka und ich wussten, dass es dabei im wörtlichen Sinn um Ritas Leben, um ihre seelische Gesundheit ging. Wir wollten ihr helfen, ihre bösen Geister endlich zu begraben, mit der Vergangenheit abzuschließen.

Es war ein guter Plan, aber er hatte Lücken, und er brachte Hajnal in Gefahr, und letztendlich Naomi, und das verzeihe ich uns nie.

Mit Ihrem Vorgänger hat Tante Rita praktisch wöchentlich telefoniert, um Robis Fall zu diskutieren und zu fragen, ob es irgendwas Neues gab. Seit Sie, Kommissar Bíró, Robis Fall übernommen haben, hat sich das geändert, Sie nehmen sich keine Zeit für ältere Damen. Tante Rita hatte Sie im Winter aufgesucht und gesagt, ob man denn gar nichts machen könnte, sie hätte Angst, dass der Mord ungesühnt verjährt. Und Sie haben sie regelrecht abgewimmelt. Wissen Sie noch, Kommissar Bíró, wie Sie zu Tante Rita sagten, ihre Indizien reichten einfach nicht, um Victor per Interpol nach Ungarn zu holen oder einen Beamten zu ihm rauszuschicken? Dass man ihn allerhöchstens zum Verhör kassieren könnte, sobald er nach Ungarn käme? Ich weiß es noch genau, Sie sagten ihr, dass es Ihnen egal sei, wie sie es anstellte, dass er herkam, aber sobald Fred Victor am Internationalen Flughafen Ferihegy 2 durch die Passkontrolle käme, würden sie ihn hopsnehmen. Es müsste nur noch dieses Jahr sein, sonst wäre es zu spät. Wiedersehn, Frau Molnár. Schönen Tag noch. Sie haben wohl gedacht, damit sind Sie diese nervige alte Kuh endlich los. Aber da kennen Sie Tante Rita schlecht. Sie hat sich hingesetzt und sich ihren Plan ausgedacht.

Tante Ritas Plan bestand darin, Victor zu suggerieren, dass sein Kumpan Antal Győrki seinerzeit ein Stück des Schatzes selber eingesteckt hätte, das nun wieder im Umlauf sei. So, wie die Dinge lagen, würde das von den richtigen Kunden eine Menge Geld einbringen. Und der Pelsoschatz war ja ursprünglich »sein« Schatz gewesen, er hatte für ihn getötet, ihn aus dem Land geschmuggelt und verkauft, ihm hatte er sein neues Leben zu verdanken, er war für ihn so was wie ein Leitmotiv. Natürlich würde ihn ein unbekanntes Stück interessieren. Aber andere eben auch.

Darum war es wichtig, sich was auszudenken, worauf Victor anbeißen würde, aber eben nur er und sonst niemand. So was wie eine codierte Botschaft, die sich nur an ihn richtete. So kam Tante Rita auf die Idee mit dem Bild. Victor war schließlich Kunstagent. Wenn man ihm das Foto eines Gemäldes schickte, konnten das ruhig auch andere sehen, niemand würde sich was dabei denken. Die Szeklerrunen und ihr Portrait auf der »Wächterin« waren Tante Ritas individuelle Handschrift, die wollte sie für sich selbst drin haben. Damit drückte sie aus, dass sie kein Opfer mehr war. Tante Rita war aktiv geworden, um den Mörder ihres Sohnes nun endgültig zur Strecke zu bringen. Victor würde anbeißen und nach Ungarn kommen, um den Kelch selbst zu sehen, wir würden Ihnen Bescheid geben, wann er einreisen würde, und dann hätten Sie ihn.

Aber wie gesagt, der Plan hatte Lücken.

Es ging schon mit dem Foto los. Das sollte anonym sein. Von Hajnal gibt es nichts im Internet und sie stellt auch selten öffentlich aus, mit der Galerieszene hat sie nichts am Hut, da kennt man sie nicht. Ich meine, Victor hätte Hajnals Bild seinen Budapester Kontakten ohne weiteres zeigen können, ohne dass jemand ihren Stil erkannt hätte. Aber Tante Rita wollte auf Nummer sicher gehen. Victor sollte nicht denken, die Malerin hätte ihm das Foto zugeschickt. Dazu brauchten wir ein Foto der »Wächterin« in einem Ausstellungskontext, das jeder beliebige Besucher hätte machen können, und zwar so, dass man die Galerie nicht drauf erkannte. Also mussten wir Hajnal eine Ausstellung organisieren. Die Frau des Kulturreferenten des Französischen Instituts ist in einer von Tante Ritas Meditationsgruppen und hat auch schon mal bei Hajnal bestellt. Tante Rita wusste, dort würde es im Frühling eine Sammelausstellung geben, und ließ ihre Beziehungen spielen. So landete dort die »Wächterin«. Den Katalogtext dazu hat Tante Rita der Gattin des Kulturreferenten persönlich diktiert.

Wir haben das Foto an Victors geschäftliche E-Mail-Adresse geschickt, die war ja nicht schwer rauszukriegen. Aber er hat nicht geantwortet, vielleicht ist es bei ihm automatisch im Spam-Ordner gelandet. Eine Woche haben wir abgewartet und es dann noch mal per traditioneller Luftpost versucht, und Bingo. Eine Woche später kam die erste Mail von ihm, und wir haben uns mit ihm zum Chat verabredet. Das war ziemlich aufregend. Wir mussten ja den richtigen Ton treffen. Wie reden Mafiosi, die ein Millionengeschäft machen wollen? Waren wir wohl überzeugend genug? Wir haben vorher stundenlang Rollenspiele gemacht, um das zu üben. Haben uns alle möglichen Szenarien ausgedacht. Die ersten paar Mal live auf Sendung war das ein Adrenalinlevel, dass wir fast verrückt geworden sind. Der schrieb uns und wartete auf Antwort, wir waren uns nicht einig und alles musste ganz schnell gehen, *angeschrien* haben wir uns, SCHREIBDASSCHNELLSCHREIBDAS, NEINSPINNSTDUNEINLIEBERANDERS, im Nachhinein war's ziemlich witzig. Anscheinend haben wir's gut hingekriegt, er hat angebissen. Und dann, an dem Punkt, wo wir nur noch drauf warteten, dass er uns mailt, wann er in Budapest ankommt, ging was schief.

Die Publicity der Ausstellung hat Hajnal zumindest ein paar Bestellungen eingebracht. Aber, obwohl Tante Rita bei dem Foto höllisch aufgepasst hatte und kaum was von den Räumlichkeiten drauf zu sehen war, musste doch irgendwer die Galerie erkannt haben. Jemand hat sich beim Französischen Kulturinstitut nach dem Bild und seiner Malerin erkundigt und kriegte ihren Namen und ihre Telefonnummer genannt. Anders konnten wir uns jedenfalls nicht erklären, dass plötzlich dieser Gorilla bei uns vor der Tür stand.

Zum Glück waren wir nicht zu Hause. Er kam zu Emese und fragte nach Hajnal, und Emese war sofort klar, das gibt Ärger, der Typ hatte eine destruktive Aura, dass ihr ganz anders wurde. Sie hat uns sofort angerufen, und alle drei haben wir es mit der Angst gekriegt. Solchen Typen waren wir nicht gewachsen. Und Sie, unsere verehrte Polizei, haben's ja nicht so mit Prävention und rücken immer erst aus, wenn's schon zu spät ist. Das Atelier war vorerst nicht mehr sicher, wir mussten da schleunigst weg.

Hajnal hat sofort ihr Telefon abgemeldet, und dann haben sie und ich in einer Nacht- und Nebelaktion all ihre Bilder plus Kater Ribizli zu Tante Rita nach Visegrád gefahren, und Tante Rita und Emese haben den Einbruch fingiert. Das haben sie fast zu überzeugend hingekriegt. Emese hat die Polizei gerufen, Anzeige gegen Unbekannt, und Hajnal war offiziell abgetaucht. Falls wieder so ein Gorilla ankäme, würde er denken, dass ihm wer zuvorgekommen war. Beim nächsten Chat sagte der Mafioso, den wir Victor vorspielten, dass Victor gegen die Regeln verstoßen hätte, drum hätte er sich um die Malerin gekümmert. Damit hatten wir Hajni so gut wir konnten abgesichert.

Tante Rita kam natürlich für den Schaden auf, und wir konnten erst mal in ihrer Budapester Wohnung wohnen. Da warteten wir ab, was wohl noch käme. Eine Woche passierte nichts, Victor meldete sich auch nicht per Mail.

Und dann sah ich das Forum bei pride.hu.

Wer Hajnals Namen in eine Suchmaschine gibt, kommt zu pride.hu, drum schrillten sofort wieder meine Alarmglocken los. Aber es war eine Chance rauszukriegen, was er jetzt plante. Dass er nicht selber kam, sondern immer jemanden vorschickte, war uns inzwischen aufgegangen. Also meldete ich mich als »Außenstehende«, bevor es irgendjemand anders tat, der Hajni kannte, und wen ich traf, war kein Gorilla, sondern eine nette junge Frau.

Vorsicht, sagte Tante Rita. Das muss gar nichts heißen. Nett oder nicht, sie ist der Feind. Das sagte sie mir am Telefon, als ich sie aus dem *Alibi* anrief, solange Naomi an der Bar stand. Und als ich ihr sagte, dass Naomi offenbar Victors Nichte war und einen völlig ahnungslosen Eindruck machte – ständig erzählte sie mir was von einer Ausstellung und einem Agentenvertrag –, sagte Tante Rita, hoppla. Ausgezeichnet. Ihr war nämlich aufgegangen, dass man einer Nichte theoretisch gut gefakte Infos zuspielen konnte. Sie würde doch alles, was sie hier hörte, sah und herausfand, umgehend dem lieben Onkel mitteilen. Wir würden uns noch ausdenken, was das genau wäre, jedenfalls sollte ich mich bei ihr unentbehrlich machen.

Im Atelier war Naomi fast noch erschrockener über die Bescherung als ich, und dann wollte sie tatsächlich aufräumen. Das hab ich Tante Rita gleich gesagt, dieses Mädel ist total nett, und sie hat keinen Schimmer, was hier abgeht.

Wir haben ordentlich geschuftet, und als Gegenleistung passte es dann auch, dass ich ihr half, das Haus ihrer Oma zu suchen. Was sie da über ihre Familie und ihren Onkel Fred erfahren hat, hat sie völlig fertig gemacht, und mich auch. Fred Victor war für mich bisher nur eine abstrakte Größe, ein ferner Bösewicht, den es nur in Tante Ritas Erinnerung und auf ein paar Fotos gab. Das Ganze war für mich irgendwie noch so was wie ein Computerspiel, das nur eben letzte Woche in unseren Alltag eingebrochen war. Und jetzt saß ich da mit Naomi und guckte mir bei der ehemaligen Nachbarin die ganzen alten Familienfotos an. Dieser Typ hat wegen seiner Machenschaften fast seine ganze Familie auf dem Gewissen, wegen ihm ist Naomi praktisch als Waise aufgewachsen. Mir hat ja vor Mitleid schon der Magen wehgetan.

Aber Tante Rita war relativ unbeeindruckt. Sie hat nur die Tatsache registriert, dass Naomi ihren Onkel hasste wie Pest und Cholera und somit vielleicht als Sprachrohr doch nur bedingt zu gebrauchen war. Aber das würde sich noch herausstellen.

Dann hab ich Stirnglatze bemerkt und konnte nicht einordnen, wer das nun schon wieder war. Für Naomi war die Sache aber eindeutig, der musste Onkels »Anwalt« sein.

Naomi wurde beschattet und ich war ständig mit ihr zusammen, und Tante Rita ging jetzt auf, dass das Ganze für mich vielleicht doch nicht ungefährlich war. Drum wollte sie einen Aufpasser engagieren. Aber wen? Sie, Kommissar Bíró, sagten ihr, Sie könnten nicht einfach auf Verdacht einen Beamten abstellen, noch war uns ja nichts passiert. Schließlich waren wir nicht Madonna und Michael Jackson, Zitat Ende. So ein Spaßvogel sind Sie.

Da kam Tante Rita die Idee, einen anonymen Anruf ins Ministerium für das Nationale Kulturelle Erbe zu tätigen. Das waren schließlich außer der Kripo diejenigen, die sich für den Pelsoschatz interessierten. Aber damit die angerückt kamen, musste man ihnen was vorlügen. Tante Rita sagte, die Amerikanerin Naomi Vígh im Hotel Gellért hätte eindeutige Hinweise auf ein verbliebenes Stück des Pelsoschatzes aus dem Nachlass von Antal Győrki, das sie gerade für einen amerikanischen Auftraggeber suchte. Eine diskrete Beschattung würde sich mit Sicherheit lohnen.

Wie uns Frau Kútvölgyi in Visegrád noch selber gesagt hat, hatte dieser Anruf zwei Konsequenzen. Kútvölgyi hat sich persönlich dahinter geklemmt. Sie hat sofort gesehen, Naomi war keine Mafiatype, und sich gedacht, vielleicht ist diese intelligente junge Schatzsucherin ja kooperationsbereit. Naomi hat die Situation aber komplett missverstanden, wie genau, ist nicht so wichtig, jedenfalls ist die Kontaktaufnahme gescheitert. Drum war die andere Konsequenz, dass Frau Dr. Kútvölgyi übers Ministerium zu Naomis Beschattung einen Profi angeheuert hat. Der war von einem privaten Sicherheitsdienst, mit dem die Behörden oft zusammenarbeiten. Er ist allerdings auch aufgeflogen, weil er in den schwul-lesbischen Tanzkurs reinplatzte wie der Elefant in den Porzellanladen und damit etwas überfordert war.

Zu dem Zeitpunkt war mir schon extrem mulmig, und dann hat sich herausgestellt, dass auch noch ein anderer Verfolger im Spiel war. Wir haben ihn abgehängt und sind nach Visegrád gefahren.

Ich war die ganze Zeit dafür gewesen, Naomi einfach einzuweihen, statt sie zu manipulieren und ihr was vorzumachen. Tante Rita fand Naomi wirklich nett und intelligent, aber sie war sich eben nicht sicher, ob wir ihr trauen konnten. Darum hat sie versucht, sie mit ihrem üblichen Esokram einzuwickeln. Und als sie im Vorgarten Victors Fax an Naomi las, war für sie klar, Naomi ist genauso hinterm Mammon her wie die anderen, ihr ist nicht zu trauen.

Naomi sollte den Gral finden.

Ich wollte, dass sie ihn mit eigenen Augen sah. Eine verlässliche Zeugin würde Victor von seiner Existenz berichten. Das musste ihn dazu bringen, selbst nach Ungarn zu kommen. Und als Shearer auftauchte, wusste ich, wir konnten sogar zwei Fliegen mit einer Klappe schlagen.

Réka war nicht damit einverstanden, ihn nach Visegrád zu bestellen. Der so genannte »Anwalt« war doch einer von Victors Gorillas, sagte sie, er war gefährlich. Das war mir klar, aber ich dachte, wir hatten ja ein Pfand. Solange die Nichte seines Chefs dabei war, würde der Gorilla sich vorbildlich benehmen. Naomi war unsere Garantie, dass die Sache nicht eskalierte.

Hajnal sollte Naomi und Shearer den Kelch aus der Ferne präsentieren und anschließend im Wald verschwinden, wir anderen würden Shearer aufhalten, damit er ihr nicht nachrennen konnte. Der Kelch war natürlich nur eine Attrappe, aber Naomi und Shearer würden sehen, was sie sehen wollten. Im unwahrscheinlichen Fall, dass Shearer Hajnal einholte und den Kelch aus der Nähe sah, würden wir einfach verblüfft reagieren und sagen, aber *natürlich* ist das keine echte Antiquität, was haben *Sie* denn gedacht? Das antike Vorbild des Gemäldes ist nach wie vor bei seinem Auftraggeber, und der verhandelt mit Kunden nur persönlich. Und für den Fall, dass die Situation doch noch irgendwie gefährlich würde, hatte mein Lebensgefährte zwei Mann privaten Wachschutz organisiert, die sich um die Lichtung postieren sollten.

Die kamen jedoch nicht.

Stattdessen kamen die beiden Mörder. Wer sie sind und wie sie uns gefunden haben, ist mir nach wie vor ein Rätsel.

Schrecklich, wirklich schrecklich … Was den Kelch angeht, kann ich nur sagen, in den letzten zehn Jahren sind wir etlichen falschen Hinweisen nachgegangen, da sind wir Enttäuschungen gewohnt.

Wie ich an den Tatort kam? Durch etwas Detektivarbeit. Mein Ministerium, das Ministerium für das Nationale Kulturelle Erbe, arbeitet mit bewährten Sicherheitsfirmen zusammen. Am Montag hatte ich eine Überwachung in Auftrag gegeben, die leider erfolglos blieb. Gestern informierte mich nun die Zentrale der Sicherheitsfirma, die auch für das Innenministerium arbeitet, dass dort jemand eine Überwachung derselben Person in Auftrag gegeben hatte. Mit Erlaubnis des Betreffenden faxte sie mir das Briefing des Auftrages zu. Eine Kleingruppe auf einer Waldlichtung bei Visegrád sollte vor möglichen Übergriffen geschützt werden, angegeben als potenzieller Eskalationsreiz wurde die Präsentation eines silbernen Kelches.

Aufgrund meines derzeitigen Informationsstandes ging ich davon aus, dass es sich hier um eine Situation von nationalem Interesse handeln könnte, kontaktierte das Innenministerium und das Polizeipräsidium und bestand auf angemessener Polizeipräsenz. Ich selbst war vor Ort, um den betreffenden Wertgegenstand gegebenenfalls zu identifizieren. Es war leider nur ein Plagiat, und das ist alles, was ich über diese Angelegenheit weiß. Kommissar, ich wäre Ihnen dankbar, wenn Sie das Ministerium und meine Person aus dieser Sache heraushalten könnten …

(Tonband aus)

Freitag, 9. Juli 2004

Polizeipräsidium Budapest

Kommissar Bíró stand die Übernächtigung ins Gesicht geschrieben. Der hagere Enddreißiger hatte sich nicht rasiert und trank einen teerigen Espresso nach dem anderen. Die drei Frauen, die in seinem verqualmten Büro auf ihn warteten, wollten keinen. Er sah sie der Reihe nach an. Rita Molnár, blass und kerzengerade auf dem harten Stuhl, mit dem Nimbus der Kämpferin für die gerechte Sache, die sich nichts vorzuwerfen hat. Ihr genialer Plan hatte nur Schaden angerichtet und sie ihrem Ziel kein Stück näher gebracht. Im Gegenteil, jetzt waren sie wieder bei null. Aber sie würde sich nicht unterkriegen lassen. Ihr Alter täuschte, die Frau war unglaublich zäh. Sie machte ihm Ärger, seit er diesen Job angetreten hatte. Daneben die Fee in der indischen Batikbluse. Sie schien die Sache am meisten mitzunehmen. Hajnal Szatmári war definitiv die Attraktivste der drei, zu schade, dass sie vom anderen Ufer war. Aber sie konnte die einfachsten Fragen nicht klar beantworten, und von ihrem Gefasel kriegte man Kopfweh.

Ihre sportliche junge Freundin schaute wütend drein. Er wusste, warum. Réka Aschenbrenner war wegen Naomi wütend. Was mit ihr geschehen war, war völlig unnötig gewesen, das sah er genauso. Die drei hätten sie einweihen sollen. Nach allem, was er über sie gehört hatte, hätte sie garantiert begeistert mitgespielt, wenn es darum ging, ihrem Onkel zu schaden.

Bíró seufzte. So eine Geschichte war ihm noch nie untergekommen. Es stimmte schon, am Anfang hatte er nicht viel auf Rita Molnárs Indizien gegeben, aber jetzt, wo er mehr wusste, sah die Sache anders aus. In einem Fall wie diesem konnte man wohl schon mal unorthodox vorgehen. Bíró schlug sein Dossier auf.

»Ich dachte, Sie interessiert vielleicht, was wir heute früh herausgefunden haben«, meinte er. »Wir haben die beiden Täter verhört. Es handelt sich um George Kemp, 33, amerikanischer Staatsbürger, und Yasser Natar, 42, amerikanischer Staatsbürger mit libyschem Pass. Sie arbeiteten im Team und beschatteten jeweils abwechselnd Naomi Vígh und Shearer. Nachdem sie Vígh in Budapest verloren hatten, folgten sie Shearer nach Visegrád.«

Réka Aschenbrenners Augen sprühten. »Hörst du, Tante Rita? *Du* warst das«, sagte sie. »Letztendlich hast *du* sie gerufen.«

Rita Molnár, unerschütterlich bleich und aufrecht, antwortete nicht.

»Die beiden arbeiten selbständig, tun das aber für hochrangige Klienten«, fuhr Bíró fort. »Laut ihren Aussagen haben diverse internationale Geheimdienste Ihre Gral-Aktion mit großem Interesse verfolgt. Ich kann nur sagen, Sie hatten Glück, es hätte alles noch schlimmer kommen können.«

Réka Aschenbrenner sprang auf. »Noch schlimmer?«, rief sie ungläubig. *»Noch schlimmer?!* Und das mit Naomi, das ist nicht schlimm oder was?«

»Es ist schlimm, und unter Umständen hätten *noch* mehr Menschen sterben können«, antwortete Bíró knapp. »Ihr Plan war extrem riskant und unverantwortlich. Das wissen Sie inzwischen selber. Aber Sie haben damit einiges losgetreten, von dem Sie noch nichts wissen.« Bíró setzte sich bequemer zurecht. »Gestern haben wir uns unterhalten mit einer Frau Jolán Kertész, verwitwete Győrki. Sie wurde in der Vergangenheit etliche Male zur Rolle ihres Mannes bei der Pelsoaffäre befragt und behauptete stets, von nichts zu wissen. Aber gestern sprachen wir sie im Licht der Visegráder Todesfälle auf den Mord an Róbert Molnár an, und da lag die Sache anders.«

Bíró sah Rita Molnár an, erwartete eine Reaktion, bekam keine und zuckte die Achseln.

»Frau Kertész brach regelrecht zusammen«, fuhr er fort. »Sie sagte, sie wüsste, dass ihr Mann und Alfréd Vígh, sein Freund aus Kindertagen, Zitat, ›etwas Schlimmes getan hatten‹. Sie erinnerte sich, kurz vor Víghs Verschwinden zufällig ein Gespräch der beiden mitangehört zu haben. Sie waren angetrunken und redeten darüber, was sie mit dem vielen Geld machen würden. Dann fragten sie sich, wann der ›Bengel‹ gefunden würde und ob die Pistole wohl die richtige Methode gewesen sei. Ihr Mann wurde wegen Verdacht auf Beihilfe zum Schmuggel unehrenhaft aus der Armee entlassen und verlor somit auch seine Pensionsansprüche. Nach seinem Tod befürchtete Frau Kertész, auch ihre Witwenrente zu verlieren, wenn herauskäme, dass ihr Mann in einen Mord verwickelt war. Drum schwieg sie all die Jahre. Der Punkt ist, Frau Molnár«, sagte Kommissar Bíró und schaute Rita Molnár eindringlich an, »nun haben wir zusätzlich zu Ihren Indizien auch eine Zeugin. Und in den Papieren des verstorbenen Steve Shearer haben wir Material gefunden, das Victor als Auftraggeber einer Straftat belastet. Allerdings muss es erst noch genauer ausgewertet werden.«

Er nahm einen Schluck Kaffee und registrierte dabei befriedigt, dass seine Worte Wirkung zeigten. Réka Aschenbrenner und Hajnal Szatmári sahen ihn schon die ganze Zeit aufmerksam an, aber im Gesicht der Statue Rita Molnár ging jetzt groß und golden die Sonne der Hoffnung auf.

»Heißt das, Sie können ihn jetzt endlich nach Ungarn holen?«, fragte sie, und ihre Augen wurden feucht. »Ist es das, was es heißt?«

Und mit dem Anflug eines bedauernden Lächelns schüttelte Bíró den Kopf. »Das ist der wunde Punkt«, sagte er, *»dafür* reicht es immer noch nicht.«

Das war der Moment, wo Rita Molnár sich der Vergeblichkeit ihrer Bemühungen der letzten vierundzwanzig Jahre bewusst wurde. »Dann war also alles umsonst?«, flüsterte sie fassungslos.

Bíró zuckte die Achseln. Und gerade so, als hätte er eine Kerze ausgepustet, fiel Rita Molnár in sich zusammen.

»Tante Rita«, sagte Réka Aschenbrenner wie zu einem Kind. »Du hast es immer noch nicht gerafft. Es geht nicht mehr um Robi. Schon längst nicht mehr. Robi ist vierundzwanzig Jahre tot. Inzwischen geht es um Naomi. Sie ist erschossen worden. Wegen uns. Was ist mit ihr, wenn wir schon nach Gerechtigkeit schreien?«

Rita Molnár sah auf, und der Kommissar erschrak fast, wie klein und alt sie auf einmal aussah, die Verwandlung war verblüffend. Sie muss ja schon fast siebzig sein, dachte er erstaunt. Ihre Energie ist fort. Jetzt ist nur noch die Hülle übrig.

»Es musste so kommen«, flüsterte Rita Molnár. »Die Geschichte wiederholt sich. Natürlich haben wir diese Sache inszeniert, aber das Wichtigste dabei haben wir vergessen, und da mache ich mir große Vorwürfe, das könnt ihr mir glauben. Wir haben vergessen, dass der Gral Barbaren herbeiruft wie die Lampe den Dschinn. Das ist alles, was er kann. Es spielt keine Rolle, dass er nicht echt war. Er hat geglänzt, das war genug. Wer den Gral findet, wird von den

Barbaren getötet. So war es damals, und so kam es auch jetzt«, murmelte Rita Molnár und schloss die Augen. »Es war ihr Schicksal.«

Réka Aschenbrenner und Hajnal Szatmári warfen einander einen langen Blick zu. »Rita«, fragte Szatmári behutsam, »um bei deinem Gleichnis zu bleiben, hast du dir denn nie überlegt, wer es eigentlich war, der Robis Mörder gerufen hat?«

Rita Molnár rührte sich nicht.

»Naomi ist in diese Sache hineingestolpert, aber Robi wusste, was er tat«, sagte Réka Aschenbrenner bitter. »Vígh und Győrki waren eine Nummer zu groß für ihn, aber letztlich hat er sie selbst gerufen, und das ist hier der wesentliche Unterschied, Naomi KONNTE NICHTS DAFÜR.«

»Das stimmt nicht«, murmelte Rita Molnár. »Robi konnte auch nichts dafür.«

»Natürlich konnte er nichts dafür, dass er umgebracht wurde«, meinte Réka Aschenbrenner ungeduldig, »aber so unschuldig, wie du denkst, war er nicht. Was hat ihn motiviert? Was, glaubst du, hatte *er* mit dem Schatz vor? Weißt du, was er vom Leben wollte?«

Rita Molnár sagte nichts.

»Um bei deinem Gleichnis zu bleiben, wie Hajnal sagt, so ein spirituell Suchender war dein Robi nicht«, sagte Réka Aschenbrenner schneidend. »Er hat den Schatz nicht abgeliefert, sondern wollte ihn verkaufen. Er brauchte Geld. Aber für was? Weißt du das, Tante Rita? Robi hatte doch alles. Rauchte nicht, trank nicht, Drogen gab's damals noch keine, er hatte eine Verlobte, wofür brauchte so einer Geld?«

Rita Molnár presste die Lippen zusammen und schwieg.

»Ich hab dir das nie erzählt, aber Robis Verlobte Szilvia kam bei uns noch jahrelang zum Kaffee vorbei«, sagte Réka

Aschenbrenner. »Sie hatte niemand, um über Robi zu reden, denn du konntest sie nicht leiden. Ich weiß noch genau, was sie damals zu meiner Mutter sagte. Die beiden hatten große Pläne gehabt. Sie würden bald viel Geld haben, und damit würden sie sich in der Stadt ein eigenes Haus kaufen, weit weg von dir. Du hast dich total an ihn geklammert, ihm keine Luft zum Atmen gelassen. Was meinst du, warum er in den Ferien ständig im Steinbruch zugange war? Da hatte er seine Ruhe. Und keine seiner Freundinnen war dir gut genug. Du hast sogar versucht, dich zwischen die beiden zu stellen. Ein paarmal waren sie schon fast so weit, einfach abzuhauen. Robi war kein Suchender, er rannte dem Mammon nach wie die anderen, und zwar deshalb, weil er sich von *dir* unabhängig machen wollte. Darum brauchte er Geld.«

Rita Molnár holte aus, eine harte Altfrauenhand fuhr durch die Luft und schlug Réka Aschenbrenner ins Gesicht, einmal rechts, einmal links, es geschah schnell und traf alle völlig unerwartet, und Rita Molnárs Stimme, seltsam schrill, schnitt durch das Amtszimmer bis hinaus auf den Korridor. »DU LÜGST«, rief sie, »wie kannst du so etwas über Robi sagen«, da hatte Hajnal Szatmári sie schon weggezogen. Réka Aschenbrenner hielt sich das brennende Gesicht und starrte ihre Tante ungläubig an. Rita Molnárs magerer Körper wurde geschüttelt von einem harten, trockenen Schluchzen. »Robi«, weinte sie, »das ist doch alles nicht wahr.«

Réka Aschenbrenner nahm die Hand von der Wange. »Ich hab keinen Bock mehr auf dich und deine Lebenslügen«, sagte sie fest. »Tante Rita, wach doch endlich auf, Herrgott noch mal. Du bist eine fanatische, hartherzige, verbohrte alte Frau, und ich bin froh, wenn ich dich nicht mehr sehen muss. Komm, Hajnal, lass uns gehen.«

Kommissar Bíró hatte die ganze Zeit schweigend dabeigesessen. Er sah zufrieden aus.

»Kleinen Moment noch«, sagte er jetzt. »Um auf Fred Victor zurückzukommen. Gesetzt den Fall, der interessiert Sie noch.«

Réka Aschenbrenner und Hajnal Szatmári blieben in der Tür stehen. »Ja?«

»Unter Umständen wüsste ich doch noch eine Möglichkeit, um Fred Victor ins Land zu bekommen«, sagte Kommissar Bíró. »Sie ist etwas morbide, wird aber vermutlich funktionieren.«

Mittwoch, 7. Juli 2004, 1:12 Uhr morgens

Naomi

Blaulicht. Laut. An. Aus. An. Schmerzen. Pocht. Mom?

Noémi hallasz? Noémi hallasz, hörst du mich?

Reagiert nicht, *emeldd föl, óvatosan!,* schnall sie fest, gut so, und jetzt anheben, vorsichtig!, gehen Sie bitte zur Seite, bitte machen Sie Platz,

Noémi.

Beeil dich, schau sie dir an, viel Zeit haben wir nicht –

Hallo? Ambulanz, wir bringen euch einen Bauchschuss, in zwanzig Minuten, verdammt, die Kompresse –

zwanzig Minuten sind zu lang, Vorsicht mit der Sonde –

was 'n Jammer, so ein junges Ding –

Noémi.

Blaulicht.

An. Aus. An.

Schmerzen.

Noémi.

Mom?

Schmerzen.

Blaulicht.

An. Aus. An.

Aus.

Epilog

Freitag, 11. Juli 2004

Margarethenkrankenhaus Buda
Leichenhalle

Es ist kühl und hell hier unten. Schritte verhallen auf gekachelten Korridoren. Flimmernde Neonröhren und das Summen veralteter Kühlaggregate. Man meint, entfernt etwas zu riechen, aber das ist Einbildung. Es gibt keine Verwesung hier. Nur die Kühle stählerner Schubladen und ab und an gedämpfte Geräusche. Menschen kommen und tun ihre Arbeit, machen Mittag, gehen nach Hause. An diesem Ort, wo die Zeit angehalten wird, gibt es weder Tag noch Nacht.

»Hast du Angst?«

»Ich hab noch nie einen Toten gesehen. Wie viele sind gerade drin?«

»Keine Ahnung. Sie ziehen nur jeweils einen für die Besucher raus.«

»Ich hab Angst.«

»Und ich finde, du bist unheimlich mutig. Also ich könnt da nicht rein und mir das antun.«

»Es ist eine Chance. Abschied nehmen. Wer mit dem Vergangenen abschließen kann, schafft Platz für einen neuen Anfang. Ein paar Minuten und du hast es hinter dir.«

»Und Jahre an Therapie gespart.«

»Genau! Du packst das. Sieh es als eine Art Ritual. Tod und Wiedergeburt. Danach kann kommen, was will, du bist für alles gewappnet.«

»Was machst du denn da?«

»Die hat Bíró mir vorhin gegeben, haben die Bullen am Tatort eingesammelt. Naomis Digitalkamera.«

»Genial. Schau mal hier, die hat auch eine Videofunktion …«

»Da kommt wer. Pass auf, gleich geht's los.«

Naomis Kamera

Nachbemerkung

Für bislang unbekannte Stücke aus dem Schatz oder Hinweise auf ihren Verbleib hat das ungarische Ministerium für das Nationale Kulturelle Erbe nach wie vor zehn Millionen Forint Belohnung ausgesetzt. Nur heißt der »Pelsoschatz« in Wirklichkeit »Seusoschatz«. Die Umstände seiner Entdeckung und versuchten Versteigerung sind relativ nah an der Wirklichkeit gehalten, meine Hintergrundinformationen dazu habe ich aus Internet und Radio (Stand April 2004). Den Mord am mutmaßlichen Finder vor 25 Jahren, der nach wie vor ungeklärt ist, habe ich natürlich fiktionalisiert.

Ansonsten ist meine Geschichte komplett fiktiv. Ähnlichkeiten mit lebenden oder toten Personen sind rein zufällig und nicht beabsichtigt. Wie immer eben.

Die Tanzschule im *Eklektika* ist sonntags, nicht montags. Über sie gibt es übrigens den hervorragenden Dokumentarfilm *Eklektika Dance School* von Mária Takács, Budapester Lesbenfilmkollektiv, mehr Infos unter labrisz@labrisz.hu.

Das *Bohemian Alibi* gibt's wirklich. Desirée freut sich sicher, wenn ihr mal reinschaut.

Die Autorin dankt:

Élisabeth Forestier, die brillante Ideen hat und meine Figuren besser kennt als ich und die Hajnal Szatmári ihre Arbeitsweise und ihre Kunstwerke geliehen hat. Alle Gemälde in Buch und CD sind von ihr, das Gralbild ist extra für dieses Buch entstanden.
Mehr zu ihrer Arbeit unter www.elisabethforestier.com, da können ihre Meditationsbilder angeschaut und ihre schönen Kalender bestellt werden.

Sarolta Gábor, die absolut unerschöpflichste Wissens- und Informationsquelle, die mir je begegnet ist. Mit ihr als Telefonjoker ist die Million gebongt. Sarolta hat mir die Geschichte des Seusoschatzes erzählt, sich stundenlang auf Plotdiskussionen eingelassen und mir erklärt, wie das alles damals in den 80ern war oder hätte gewesen sein können. Zudem hat sie als Dichterin die Drohbotschaften auf dem Gralbild sprachlich fein poliert.

Rachel Miller aus New York, für ihren Erfahrungsbericht zum Thema Kulturschock
Györgyi Kövesi für die Übersetzung ins Lateinische
Vivien Gerber für ihr immer konstruktives und motivierendes Feedback
meiner Mom, Marietta Berger, die mir erklärt hat, wie Leichen in Krankenhäusern aufbewahrt werden und was die Sanis nachts im Wald bei Bauchschüssen machen
und, last but not least, Malou Bülow, meiner Lektorin. Solche Hektik wie ihr will ich nie wieder jemandem zumuten!

Die CD war ein Projekt für sich, ein dickes Danke an meine DarstellerInnen:

Naomi	Réka Füleki
Fred	John Forrester
Reka	Évi Fábián
Rita	Natália Szenteh
Hajnal	Élisabeth Forestier

und für ihre unverzichtbare Hilfe bei der CD ein ebenso dickes an:

John, Jane und Zoé Forrester; László Mocsonaki; Réka Füleki & Rachel Miller; Évi Fábián, Márta Kis, Marietta Berger; Vanda & Judit; Levente Filetóth, unserem rettenden Engel Karin Huber und Malou Bülow.

Bildnachweis:

Fotos von Katrin Kremmler, bis auf:
Foto der Kamera und der meisten Gemälde: Évi Fábián (www.fabianevi.hu)
New York-Fotos: Réka Füleki und Rachel Miller
Leichenhalle: Marietta Berger und Brigitte (Knutsch!)
Kinderzeichnung: Zoé Forrester
Landschaftsfotos: Élisabeth Forestier.

CD-ROM zu *Pannonias Gral*

Immer wenn Sie im Buch auf das Augen-Symbol stoßen, können Sie direkt in Naomis Tagebuch lesen, Näheres zum Gral erfahren oder Bilder von Naomis Digitalkamera, auf der ihre Reise nach Budapest dokumentiert ist, ansehen.

Dazu und um das Ende zu sehen, öffnen Sie entweder die beiliegende Mini-CD (nur für Windows-AnwenderInnen), oder Sie benötigen die Internetverbindung:

www.argument.de/gral.html

Sollte sich die Internetseite nicht öffnen lassen, benötigen Sie einen Macromedia Flash-Player, den Sie sich unter
http://www.macromedia.com/de/shockwave/download/alternates/
kostenlos und sicher herunterladen können.

Klicken Sie die im Buch unter dem Augen-Symbol benannten Dateien an, und es kann losgehen!

Naomis Tagebuch

... kann per Mausklick durchgeblättert werden. Es lohnt sich, die einzelnen Einträge genauer zu untersuchen. Ist etwas im Weg, kann es eventuell mit gedrückter Maustaste weggezogen werden.

Der Gral

Wer wissen möchte, was es mit dem Gral auf sich hat, sollte sich in Tante Ritas Wohnzimmer umsehen …

Naomis Kamera

Naomi hat ihre Reise nach Budapest fotografisch festgehalten. Bis ganz zum Schluss …

© Katrin Kremmler 2004